北町の爺様 2

老同心の熱血

JN067646

時代小説

二見時代小説文庫

北町の爺様2——老同心の熱血

目次

文化《ぶんか》八年葉月《はづき》

一

とっぷり暮れた空の下、吹き抜ける風に黄八丈《きはちじょう》の裾が舞う。

「めっきり涼しくなりやがったなぁ。こないだまで蟬が鳴いてたってのによぉ……」

深編笠の下でぼやいた声は野太いものの、歯の根が合っていなかった。

夜風に舞う裾から覗いた脛《すね》は、子持ちししゃもの腹の如く張っている。身の丈こそ並だが体全体が骨太で、着流しに黒紋付の羽織を重ねた上から見て取れるほど肩幅が広かった。腕はもとより指の先まで太く逞《たくま》しい、堂々たる体つきだ。

「いつまでも単衣《ひとえ》に足袋無しじゃ、年寄りは体が冷えていけねぇぜ……」

ぼやきが止《や》まぬ男は粋な黄八丈の帯前に脇差を、左の腰には刀を帯びていた。伝法《でんぽう》な言葉使いどおりの無頼《ぶらい》の徒ならば、長脇差の一本差ししか許されない。羽織と共に武士が常着とする袴を略していても、この男は士分なのである。

「いま少し辛抱せい八森《やもり》。月が明くれば重陽《ちょうよう》は目の前ぞ」

男を窘《たしな》めたのは揃いの深編笠越しにも分かる、落ち着いた声。

脛が子持ちししゃもの腹の如く張っているのは同じだが、こちらは細身。

さりげなく手を伸ばし、着流しの裾を押さえていた。

男たちは共に呉服橋《ごふくばし》の御門を潜《くぐ》り、御門の先に続く橋を渡っていた。

呉服橋が架かっているのは江戸城の外堀だ。

橋の下から、一際冷たい風が吹き上がった。

夏を過ごすために裏地を外した単衣では、秋の夜風は確かに厳しい。

広い水面《みなも》の冷気を含んだ川風ならば尚のことだ。

暑い盛りに橋を渡るのは心地よいが、日一日と秋が深まる今は、冷たさが身に染み入るばかりであった。

「なぁ壮《そう》さん。綿入れにする前にゃ袷《あわせ》で過ごさにゃならねぇよな」

「当たり前であろう。子どもでも知っておることぞ」

「ちょいと前倒しするわけにゃいかねぇもんかね？」

「埒《らち》もないことを申すな。ほんの八日だけなのだぞ」

ぼやきが止まらぬ男の名前は八森十蔵《じゅうぞう》。

窘めながら共に行く男の名は和田壮平《わだそうへい》。

二人は三十年来の勤め先である呉服橋御門内の北町奉行所に寄った後、八丁堀《はっちょうぼり》の組屋敷への戻り路《じ》を辿っていた。

「ぶるるっ。涼しいのを通り越して、ぞくぞくしてきやがったい」

「しっかりせい、おぬしは秩父《ちちぶ》の山育ちであろうが」

「冷えるんだから仕方ねぇだろ。第一《でえいち》、俺が山里暮らしをしてたのは四十五年がとこ前のこったぜ」

「まだ二十歳そこそこか。私が江戸に下ったのも、同じくらいの年であったな」

「お前さんは今年で六十四だったなぁ、壮さん」

「左様。おぬしより一つ下だ」

「長崎《ながさき》育ちなのに、この寒さは平気なのかい？」

「大事ない。秋口になりて冷え込むのは、六十余州の何処《いずこ》も同じぞ」

「流石《さすが》の物言いだなぁ。蝦夷地《えぞち》から生きて帰《けえ》っただけのことはあらぁな」

「彼《か》の地の寒さばかりは別物ぞ。二度と足を向けとうはない……」

文化《ぶんか》八年（一八一一）の葉月《はづき》もそろそろ晦日《みそか》である。

この年の葉月の晦日は、西洋の暦《こよみ》で十月の十六日だ。

月明けの長月一日《ながつきついたち》から八日まで用いる袷は、単衣に裏地を付けたのみ。表地との間に保温用の綿を詰めるのは、九日に重陽の節句を迎えてからのことである。

「古傷は痛まねぇのかい、壮さん？」

「大事ない」

壮平は相変わらず、裾が捲れ上がるのを気にしていた。

足元から冷気が立ち上る中、二人は呉服橋を渡りきった。

橋を渡った先の御門外は、日本橋《にほんばし》の南詰に連なる町人地だ。

その名も呉服町と呼ばれる御門前の界隈《かいわい》を始めとする町々を二人は通り抜け、紅葉《もみじ》川《がわ》の畔《ほとり》に出た。

後《のち》に埋め立てられて昭和通《しょうわどお》りとなる紅葉川は、日本橋南詰の各町と八丁堀の境を流れる運河である。八丁堀側の河岸沿いの地は陸奥白河《むつしらかわ》十一万石の上屋敷を始めとする大名屋敷が占めており、その先のおよそ四万坪の一帯に南北の町奉行所勤めの与力と同心の組屋敷が建ち並ぶ。

二人の行く手に見えるのは、河口の近くに架かる海賊橋《かいぞくばし》だ。

「あー、寒《さみ》い」

堪《たま》らぬ様子で足踏みをする十蔵の先に立ち、壮平は無言で海賊橋を渡りゆく。

黄八丈の着流しに黒紋付を重ねた二人の装いは、江戸市中で発生した事件の探索に携わる廻《まわり》方《かた》の同心であることを示すもの。

刀の鞘《さや》に絡んで邪魔になりがちな黒紋付の裾を内に巻き、角帯《かくおび》を締めた腰の後ろに挟んだ巻き羽織も伊達《だて》ではなく、市中見廻で動きやすさを重んじた着こなしだ。十手《じって》は腰にすることなく袱紗《ふくさ》で包み、懐に忍ばせるのが決まりであった。

共に素足に雪駄《せった》を履いていた。裏地が白い紺足袋も廻方同心独特の装いだが、足袋の着用は長月九日の重陽に衣替えを済ませるまで控えるのが習わしだ。

一目で立場が分かる廻方同心の装いには、犯罪を未然に防ぐ効果がある。これ見よがしに十手を帯びて歩かずとも捕物御用に携わる身と分かるため、持ち場を巡回しているだけで悪事を目論《もくろ》む輩《やから》を牽制《けんせい》できる。夏場の市中見廻で日除けに縁《ふち》無しの一文字《いちもんじ》笠《がさ》を用いるのも、顔を隠しては出歩く意味がないからである。

しかし、十蔵と壮平は深編笠を手放さない。

日除けが必要な夏場に限らず持ち歩き、面《おもて》を露わにしないのが常だった。

他の廻方同心たちと異なる点は他にもある。

黄八丈と黒紋付に袖を通すのは、奉行所と組屋敷を行き来する時のみ。その黒紋付も市中を歩く際には脱ぎ、家紋から素性《すじょう》が知れることを防ぐ。

二人の御役目は隠密《おんみつ》廻《まわり》。

南北の町奉行所で二名ずつを定員とする隠密廻は事件を解決するのに必要な証拠を見出すため、文字どおり隠密に探索を行うことが御役目だ。決まった持ち場を見廻る定《じょう》廻《まわり》と、その経験者である臨時廻《りんじまわり》と共に三《さん》廻《まわり》と呼ばれていた。

定廻と臨時廻は、言うなれば町奉行所の顔である。

華のお江戸の町々を巡回し、その存在を人々に知らしめることが重要だ。

対する隠密廻は、影の存在。

二人は北町奉行から直々に命《めい》を受けると身なりばかりか立ち居振る舞いまで巧みに装って別人になりすまし、事件を解決する糸口を探り出す。町奉行にとっての御庭番と言うべき立場で役得とは無縁の、労多くして益の少ない御役目であった。

去る卯月《うづき》に北町奉行が代替わりして以来、二人の御役目は剣呑《けんのん》さを増していた。

「難儀《なんぎ》な一日だったなぁ、壮さん」

「まことだな、八森」

「すっかり仰天《ぎょうてん》させられちまったが眼福《がんぷく》にゃ違いなかったぜ。まさか南の名奉行って呼ばれていなさる根岸肥前守《ねぎしひぜんのかみ》様が、あんな摩訶不思議な彫物《ほりもん》をお若え頃《わけ》から背負っていたとは、御釈迦様《おしゃかさま》でも気が付くめぇよ」

「念を押すまでもなきことだが、他言は無用ぞ」

「分かってらぁな。ま、言ったところで信じる奴なんざ居《い》るめぇよ」

声を潜《ひそ》めた上に深編笠まで被った二人のやり取りは、余人の耳には届かない。夜の帳《とばり》が下りた通りを行き交う者はもとより少なく、盗み聞かれる恐れはなかった。

「こいつぁ北《うち》のお奉行にも、迂闊《うかつ》にゃ明かせねぇこったぜ」

「必要とあらば、お奉行同士で直《じか》にお話をなさるだろう。何も我らが気を揉むには及ぶまい」

声を潜めて語り合うのは今日、図らずも巻き込まれることとなった事件の顚末《てんまつ》。

公儀の目付を務める遠山左衛門 尉 景晋《とおやまさえもんのじょうかげくに》の息子の金四郎《きんしろう》、そして南町奉行の根岸肥前守鎮衛《しずもり》が窮地《きゅうち》に陥ったのを救うために船を駆り、深川六万坪《ふかがわろくまんつぼ》まで出張った甲斐あって救出は叶《かな》ったものの、新たに生《しょう》じたのは未曽有《みぞう》の謎だった。

老練《ろうれん》の二人を以《もっ》てしても、解き難いことである。答えを知るのは江戸市中で噂の的《まと》になっている以上の彫物を背負っていた、鎮衛その人のみであった。

二

海賊橋を渡り終えた十蔵と壮平は足を止め、深編笠に手を掛けた。

顎紐を解き、脱いだ笠を左手に持つ。

装いこそ廻方に属する他の同心たちと同じだが、十蔵と壮平は八丁堀を歩く時さえ素顔をみだりに人目に晒《さら》さない。若い同役の面々では全《まっと》うするのが難しい、特別な御用を担う立場であるからだ。

「ほんとに冷えやがるなぁ……」

ぼやく十蔵は目も鼻も大ぶりの、厳《いか》めしい面構《つらがま》え。

「もうすぐ組屋敷ぞ。辛抱せい」

励ます壮平は細面《ほそおもて》の、整った目鼻立ち。

体つきのみならず、顔の造りも真逆である。

壮平の端整《たんせい》な細面に浮かぶ表情は、いつもながらの生真面目なものであった。

「ったく、やってられねぇぜ」

「……いい加減にいたさぬか」

ぼやきが止まらぬ十蔵に、壮平がおもむろに告げた。

「そうは言うけどな、壮さん」

「心頭滅却《しんとうめっきゃく》すれば火もまた涼しとまでは申すまいが、癸卯《みずのとう》の年の難儀を思い起こさば愚痴《ぐち》も出まいぞ」

「浅間山《あさまやま》、かい」

「人の心とは存外に脆《もろ》いものだな八森。蝦夷地はもとより江戸においても一度ならず命の瀬戸際に立たされた身でありながら、あの時はもはやこれまでと思うたものだ」

「俺もそうだったぜ」

訥々《とつとつ》とつぶやく壮平に、十蔵も真面目な顔で答えた。

「源内《げんない》のじじいがおっ死《ち》んで、行き場を無くした身を拾ってくれた八森の親父にまだろくな孝行もしちゃいねぇのに、このまま灰に埋もれてお陀仏《だぶつ》になったんじゃ、死んでも死にきれねぇと思ったもんさね」

「おぬし、左様に殊勝《しゅしょう》なことを考えておったのか」

「当たり前だろ？　くそ親父でも恩人にゃ違いなかったからな」

「私も同じぞ、八森」

壮平はしみじみとつぶやいた。

「和田の家と縁づくことなく、工藤《くどう》先生に破門されし身のまま齢《よわい》を重ねておらば十手を授かるどころか、御用にされる側と成り果てていたに相違あるまい。泉下《せんか》の義父上《ちちうえ》には幾ら感謝をしてもしきれぬよ……」

男たちは口を閉ざし、黙々と家路を辿りゆく。

二人が挙げたのは、いまは亡き恩師の名前だ。

十蔵が師事した平賀《ひらが》源内は、讃岐高松藩《さぬきたかまつはん》で足軽の三男坊ながら藩命により長崎留学を許され、諸学を若くして修めるも自ら望んで浪人。博覧強記《はくらんきようき》にして類《たぐ》い稀《まれ》な発想と行動力を兼ね備え、学者の域に留まらぬ奇才として江戸で大いに名前を売った。

壮平を内弟子に迎え、腕利きの外科医に育て上げた工藤平助《へいすけ》は仙台《せんだい》藩で江戸詰めの藩医を務める傍ら、異国の事情に明るい経世家《けいせいか》として知られた人物だ。築地《つきじ》に構えた住まいには立場を越えた多士済々《たしせいせい》が群れ集い、梁山泊《りようざんぱく》と呼ばれたほどであった。

しかし源内は短慮《たんりよ》で人を殺した咎《とが》にて獄死。平助も時の老中で後ろ盾になっていた田沼主殿頭意次《たぬまとのものかみおきつぐ》が失脚し、寄る辺を失った十蔵は八森家、壮平は和田家にそれぞれ婿入り。義理の父親となった両家の先代を補佐しながら隠密廻の御用を学び始めた矢先の癸卯の年——天明《てんめい》三年（一七八三）に、浅間山が大噴火を起こした。

日《ひ》の本《もと》ばかりか世界各地の空が火山灰に覆われて日の光が遮られ、作物が育たずに深刻な飢饉《ききん》が続いた当時と違って、今は暑さも寒さも季節並み。

その折の難儀を思い起こせば、秋の夜の冷え込みなど些細《ささい》なことだ。

「ともあれ、御役目を全うしなくちゃ始まるめぇよ」

「そういうことだ」

「彫物は彫物でも、俺たちが何とかしなきゃならねぇのは別口さね。肥前守様のことは南の番外同心衆に任せて、知らぬ存ぜぬを決め込むしかあるめぇ」

「さもあろう。我らは己が御役目に専心すべきだ」

「こいつぁ一筋縄《ひとすじなわ》じゃいかねぇだろうぜ、壮さん」

「分かっておる。市中の血気盛んな者どもを相手取り、こたびの町触《まちぶれ》に従わせるのは容易なことではあるまいよ」

「矢面に立たにゃならねぇのは、定廻の若え奴《わけ》らだけどな」

「臨時廻の中堅どころにも、骨を折らせねばなるまい」

「難儀なことと承知の上で、やってもらうより他にないさね」

「左様だな」

「若え時の苦労ってやつは、買ってでもさせるべきだぜ」

「それは八森の親父殿の口癖であろう」

「覚えてたのかい、壮さん」

「忘れるはずがあるまいぞ。八森の家へ婿に入りしおぬしに留まらず、私にも毎日の如く言うておられたからな」

「あのくそ親父め、婿に入った家が隣同士だからって、そこまで世話を焼かなくってもいいじゃねぇか。和田のご先代も、いい迷惑だったんじゃねぇのかい」

「左様に悪《あ》しざまに申すでない。義父上はむしろ喜んでおられたよ」

「ほんとかい？」

「義父上は私を和田家へ迎えるに際して無理を強《し》いたと思い込み、何かにつけて遠慮をしておられたのでな。その穴を埋めてくださったのが、八森の親父殿だったのだ」

「成る程なぁ。親父も家付き娘も遠慮知らずだった八森の家とは大違《おおちげ》えだ」

「故人に憎まれ口をたたくのはそのぐらいにしておけ。ともあれ、後進を育てる上で苦労をさせるべきなのは自明の理。もとより是非に及ばぬことぞ」

「そのためにゃ憎まれ役が入り用だぜ」

「やってくれるか、八森」

「餅は餅屋だ。任せておきな」

「いつもながら雑作《ぞうさ》を掛ける」

「壮さんこそ毎度《まいたび》ご苦労なこったが、若え奴らに陰であれこれ気を配ってやってくんな。俺が厳しくするばっかりじゃ連中も身が保《も》つめぇ」

「お互いに、先代と同じ役回りということか」

「人にゃ向き不向きってもんがあるからなぁ」

「いや、適材適所と申したほうが聞こえはよかろう。仕事を失《うしの》うた彫師《ほりし》たちにも左様に取り計ろうてやらねばなるまい……」

壮平のつぶやきを耳にするなり、十蔵はにっと微笑んだ。

「そのことだったら目星は付いたぜ、壮さん」

「まことか？」

「同じ彫師でも版木彫《はんぎぼ》りのほうに、商売替えをさせてやるのさね」

「当てはあるのか」

「ああ。うちに間借りしてる駱駝《らくだ》の口利きで、な」

「司馬《しば》先生ならば、このところ八丁堀にお見えになっていないであろう？」

「月が明けて早々に頼んでおいたのよ。あいつは蔦屋《つたや》を筆頭にあっちこっちの版元に顔が利くんでな。いつでも寄越してくれって返事を貰ってあるぜ」

十蔵から思わぬ話を聞かされ、壮平の顔も綻《ほころ》ぶ。

「それは重畳《ちようじよう》。さすれば我らもやりやすいな」

「そういうこったぜ壮さん。見せしめの手鎖《てぐさり》は四人も出せば十分だってお奉行も仰せなんでな、与力連中が手柄欲しさに四の五の言っても聞く耳持たねぇで、商売替えをさせていこうや」

「したが八森、あの夫婦は一筋縄ではいくまいぞ」

「勘六《かんろく》とおりんかい」

「左様。去る二十一日に深川にて四人の彫師を手鎖に処した後、行方《ゆきかた》を晦《くら》ませた人気の彫師夫婦だ」

「夫婦揃って絵師くずれ。女房のほうは師匠の娘と来てやがる」

「おりんは父親以上の才を持ちながらも己の名前で世に出られず、倦《う》んだ末に勘六と駆け落ちに及んだのだ。勘六が彫師に商売替えをしたのも望んでのことではなく、己《おの》が筆を執った絵を彫物の下絵にさせたいが故、おりんがけしかけたそうだ」

「ひでぇ女だが、子どもが居るっていうからなぁ」

「今年で五つになる、元気な男の子だそうだ」

　壮平の端整な顔が翳りを帯びた。

「その子のためにも、ひとたび洗《あろ》うた足を元に戻させてはなるまい」

「亭主はともかく、難物は女房だよな」

「難を逃れるために住み替えはしたものの、望んで足を洗うたわけではない故な……骨身に染みて懲《こ》りさせなければ、おりんの性根《しょうね》は改まるまい」

「そうだなぁ。やりたかねぇが、痛い目を見せるしかあるめぇよ」

「して八森、新しい住まいに動きはあったのか」

「由《よし》の字が帰りがけに様子を見て、朝一番で知らせてくれることになってるよ。まさか住み替えたその日におん出ることはあるめぇし、何ぞやらかすとしたら早くても明日だろうな」

「由蔵《よしぞう》の後は田山《たやま》に任せるか」

「忠義もんの小者《こもの》も付いてるこったし、見張りには事欠くめぇよ」

「されば八森、しかるべく参ろうぞ」

「合点《がってん》だ。それじゃ壮さん、お疲れさん」

「うむ。お互いに、本日はまこと大儀であったな……」

十蔵と壮平が目を付けた長屋は八丁堀に程近い、紅葉川沿いの路地に在る。

その日は新たに越してきた一家を歓迎する宴が、ささやかながらも賑やかに日暮れ前から催され、ちょうどお開きになったところだった。

「あー、喰った喰った」

ほろ酔い加減の男たちは機嫌よく、それぞれの部屋に引き揚げていく。

「まったく、男どもはいい気なもんだよ」

おかみ連中は文句を言いながらも井戸端に尻を並べ、洗い物をしている最中。鍋の汚れを落とすついでに日頃は洗わぬ小鉢と箸も灰汁《あく》を溶かした水で濯《すす》ぎ、脂のぬめりを残さぬようにするのに余念がない。

集まった中に一人だけ、大柄な三十男が交じっていた。

際立って背が高く、体の幅も広い。

文字どおりの六尺《しゃく》豊かな大男だが、顔つきは柔和《にゅうわ》である。鉢《はち》の開いた頭にねじり鉢巻きをして、まめまめしく洗い物に勤《いそ》しんでいる。

「いいんだよ勘六さん、あたしらに任せとくれな」

「そうだよ。坊やに付いててあげなって」

「ご心配をおかけしてすみません。女房が付いておりますので、お気遣いなさらないでくださいまし」

勘六と呼ばれた大男は、おかみたちに接する態度も柔和そのものだ。

大きな体に似合わず器用と見えて、早々に洗い物は済ませていく。

続いて井戸端に持ってきたのは、鍋にするのに捌《さば》いた軍鶏《しゃも》の骨。

丁寧に洗って血合いを落とし、布巾で拭ったのを釜に仕込む。

土間の竈《かまど》に火を熾《おこ》し、あらかじめ湯を沸かしておいたのだ。

路地に面した腰高障子を閉め、勘六は焚口《たきぐち》の前に屈《かが》んだ。

火加減を見る勘六の頭越しに、部屋の中が見て取れる。

古いながらも掃除の行き届いた畳の上に、二組の布団が敷き伸べられている。

ぐったりと横たわっていたのは額に濡れ手ぬぐいを載せられた、まだ五つばかりと思《おぼ》しき男の子。

その隣では女が独り酔い潰れ、髷を乱したまま寝転がっていた。

「どいつもこいつもうんざりだよ……我利《がり》我利《がり》亡者《もうじゃ》の糞ったれども……」

毒づく言葉は口汚いが、顔立ちは美形そのもの。

顔立ちのみならず肉置《しし》きの豊かさも、男の目を惹いて止まない魅力があった。

勘六の女房のおりんである。

壮平が言っていたとおり、おりんは絵師の父親に反発し、弟子の一人だった勘六と駆け落ちに及んだ身。

その目的は絵師として立身し、父親と弟子たちを見返すことであったが版元に認められることはなく、勘六も筆一本で食っていくのは難しく、暮らしに窮した末に始めた稼業は彫師。

おりんが元になる下絵を描き、勘六が針を握ってのことである。

彫師には絵師から身を転じる者が多い中、たちまち売れっ子になったのは男勝りなおりんの筆に成る絵柄の魅力を、勘六の針がより惹き立てたが故のこと。その針捌きは精妙《せいみょう》で、できるだけ痛みを与えぬ加減も巧みであった。

まさに適材適所であり、こたびの彫物禁止の町触さえ出なければ、そのまま繁盛を続けていたに違いない。

なればこそ、おりんは未だくすぶっている。

「……あたしゃ絶対に諦めないよ……野暮《やぼ》な町触を出しやがった町奉行どもめ、今に見てろってんだい……」

酔い潰れながらも止まぬつぶやきに、勘六は無言で耳を傾けるばかり。

軍鶏の骨を炊きながらも熱を出した子どものことを忘れず、こまめに濡れ手ぬぐいを替えることも忘れない。

しかし腰高障子の陰に職人風の若い男が身を潜め、様子を窺っていることには終始気付かぬままだった。

長屋の路地に人の姿はなく、井戸端もがらんとしている。路地に出入りする木戸はすでに閉じられていたが男は機敏に塀を乗り越え、表の通りに抜けていく。

「……今夜のとこは何もしそうにねぇな」

ひとりごち、何事もなかったかのように歩き出す。

まだ宵《よい》の口だが、通りを行き交う者の姿はまばらである。

寛政《かんせい》の世に老中首座として幕政を厳しく引き締め、風紀粛正《ふうきしゆくせい》を徹底させた松平越中守定信《まつだいらえっちゅうのかみさだのぶ》の影響は未だ健在。田沼主殿頭意次が幕政を主導した天明の世までの自由闊達《かったつ》な気風は絶えて久しく、夜の町が派手に賑わうこともなかった。

三

夜が明けたばかりの空を、一群の水鳥が飛んでいく。

江戸湾を間近に臨む八丁堀では鳩や烏《からす》に劣らず多い、都鳥《みやこどり》だ。

今朝も四方を流れる運河で水面すれすれに空を舞い、赤い嘴《くちばし》を器用に振るって魚を捕るのに余念がない。

腹を満たした水鳥は、高い所に留まって羽を乾かす。

八森家の屋根には都鳥がずらりと並び、降り注ぐ朝日を浴びていた。

隣の和田家の組屋敷でも二十羽ほどが、のんびりと羽を休めている。

一括《いっかつ》して大縄《おおなわ》屋敷と呼ばれる組屋敷の管理は南北の町奉行に委ねられ、それぞれの配下に属する与力に二百坪から三百坪、同心に百坪の屋敷地を振り分ける。町奉行は役高こそ同じでも南町奉行が格上で、北町の与力と同心の屋敷地は少々狭い。十蔵と壮平が婿入りして家督を継いだ両家も例に漏れず、百坪に届いていなかった。

表の構えは木戸門である。六尺（約一八〇センチ）ほどの二本の柱の間に片開きの木戸が付いているだけで、門とは名ばかりの素っ気《そっけ》ない代物《しろもの》であった。

周りを囲うのも簡素な板塀で表から見た限り、武家屋敷とは思えない。

そんな印象も、木戸門を潜れば一変する。

板塀に沿って植えられた木々はいずれも剪定《せんてい》が行き届き、玄関に続く通り庭の植え込みも、形が綺麗に整えられている。

町奉行所勤めの同心は小者を一人抱え、屋敷内に住まわせるのが習いである。廻方の同心は岡っ引きを雇い、事件の探索のみならず庭木の手入れを含めた屋敷内の雑用まで任せるのが常だが、八森家の庭は素人《しろうと》仕事と思えぬ出来栄え。

隣の和田家も同様で、板塀の向こうに見て取れる柿の木は、夏の間に増えすぎた枝を余さず剪定済みである。秋に熟した実を摘んだ後、冬に樹形が調《ととの》う柿の木の特性に合わせた手入れは、庭木の扱いを心得たものであった。

十蔵は日の出にも気付かずに、ぐうぐう寝息を立てていた。寝起きをするのは屋敷奥の一室で、玄関脇の八畳と十畳はそれぞれ人に貸している。

「旦那ぁ、そろそろ起きないとお奉行所に遅れますよう」

間仕切りの戸板越しに、呼びかけてくる声が聞こえた。

「……ばさまかい。今朝はやけに早いじゃねぇか」

目を覚ました十蔵は、欠伸《あくび》交じりに返事をする。

「旦那がお寝坊さんなんですよう」

板戸を開けて入ってきたのは、つぶらな瞳の五十女。

八森家の先代の一人娘だった妻女に先立たれ、後添えを迎えることなく暮らす十蔵が雇った、通いの飯炊き女である。

「すまねぇな、ばさま。昨日はちょいと取り込みで、くたびれちまったもんでなぁ」

「それで昨日の朝に炊いた残りが手つかずのまんま、おひつに残っていたんですね」

「茶漬けを支度すんのも億劫《おっくう》だったんでな、卵を割ったのを肴《さかな》に一杯引っかけて寝ちまったんだよ」

「一昨日《おとつい》も、一昨々日《さきおととい》も左様でございましたねぇ。御役目大事でも、お食事を疎《おろそ》かになすっちゃいけませんよう」

「面目ねぇ」

「悪いと思ってくださるんなら、徳《とく》って名前で呼んでくださいな。あたしは旦那より十《とお》も下なんですからね」

お徳はぷりぷりしながらも甲斐甲斐しく布団を畳み、部屋の空気を入れ替える。開け放たれた雨戸の向こうの空は、朝から晴れ渡っている。衣替えを前にして、お誂《あつら》え向きの洗濯日和《びより》だ。

十蔵は寝間着姿のままで井戸端に出て顔を洗い、歯を磨く。

部屋に戻って寝間着を脱ぎ、お徳がいつも用意してくれる洗濯済みの下帯と半襦袢《はんじゅばん》を着ける。衣桁《いこう》に掛けられた黄八丈と黒紋付は汚れを落として火熨斗《ひのし》を当て、きちんと皺を伸ばしてあった。黄八丈に袖を通して角帯を締め、黒紋付は衣桁に掛けたままにして屋内用の袖なしを羽織る。

台所の続きの板の間には、朝餉の膳が用意されていた。

「おっ、こいつぁ美味そうだな」

十蔵は膳の前に座るなり、厳めしい顔を綻ばせた。

お徳がよそってくれたのは、おひつに残った冷や飯に手を加えた雑炊だ。

男所帯でも手軽に拵えることのできる代物だが、台所仕事に年季《ねんき》の入ったお徳の手に掛かれば、ありふれた雑炊も乙《おつ》な一品となる。

「この出汁《だし》はどうしたんだい？」

「ゆうべはあたしんとこの長屋で新入りさんにお振る舞いをしましてねぇ、久しぶりに軍鶏鍋と洒落込んだんですよ」

「長屋じゅうで鍋を囲むとなりゃ、一羽や二羽じゃ足りねぇだろう。ばさまが買ってやったのかい」

「まさか。みんなでちょっとずつ出し合ったんですよう」

「で、余った骨を捨てずに出汁を取ったわけかい」

「風邪を引き込んじまった子どもに雑炊を食べさせたいって、骨を炊きなすったのはご亭主ですよ。相撲取りじみた大っきな体に似合わず、まめなお人でしてね。おかみさんのほうは震いつきたくなるような別嬪《べっぴん》ですけど、水仕事なんざ生まれてこの方したことがないって風情《ふぜい》で……」

「その上前《うわまえ》を撥《は》ねたばさまも、感心したもんじゃねぇけどな」

「人聞きの悪いことを言わないでくださいよう。ご馳走になりっぱなしで申し訳ないからって、あちらからお裾分けしてくれたんですから」

「そいつぁあり難え心配りだが、肝心の風邪っぴきの分は足りたのかい。軍鶏出汁の雑炊を食わせてやりてぇって親が考えたとなりゃ、育ち盛りの坊ずなんだろ」

「十分に足りましたよう」

お徳は杓子《しゃくし》を手に取った。

「朝から饐《す》えかけのご飯ばかりじゃ力が出ないでございましょ。捨てちまって新しく炊くのも勿体ないですし、心づくしの出汁を分けてもらったついでに、お献立もあやかっちまおうと思いましてねぇ」

「そういうことなら、遠慮なしに頂戴しようかね」

十蔵は膳の前に膝を揃え、雑炊をよそってもらった椀に箸をつけた。

「うん、美味《うめ》えや」

あつあつの雑炊を味わいながら十蔵は懐かしげに、厳めしい顔を綻ばせた。

「俺の里でも子どもが風邪をひくと、こういうのを拵えるんだよ。まずは具無しの汁から始めて、治りかけると雑炊にして大根を刻んだのやら、肉の切れ端も入れてやるんだ。軍鶏じゃなくて山鳥だけどな」

「旦那のお生まれは秩父でございましたね。お山を掘りに来なすった平賀源内先生のお目に留まって、お江戸に出て参られたんでございましょう」

「それで山猿なんてふざけた渾名《あだな》を、源内のじじいにつけられちまったのさね」

「司馬先生も、旦那のことをそう呼んでおられますねぇ」

「駱駝のくせに生意気なこった。そういや一昨々日から面ぁ見てねぇな……間借り代は師走《しわす》の分まで受け取ってあるから構いやしねぇが、ばさまがせっかく炊いてくれた飯が毎度余っちまうのは困りもんだな」

「徳でございますよう、旦那ぁ」

「分かった、分かった。それよりお代わりを急き前《せまい》で頼むぜ」

お徳の文句を受け流し、十蔵は三杯の雑炊を平らげた。

「これ山猿、間借り人様のお戻りだぞ」

食後の白湯《さゆ》を口にしているところに、玄関から偉そうに呼ばわる声がした。

「お帰りなさいまし、先生」

お徳が迎えに出るのを尻目に、十蔵は碗で手のひらを温めながらくつろいでいる。

そこに一人の男が入ってきた。

面長で黒目勝ち。首が長く、ひょろりとした体つき。

頭はつるりと剝げ上がり、両の鬢《びん》に残った毛は白い。

「よぉ駱駝、朝っぱらからご挨拶だな」

「こやつ、誰が駱駝じゃ」

黒目勝ちの眼を剝いて十蔵に言い返す、この男の名は司馬江漢《こうかん》。

絵師の立場から蘭学に深い関心を寄せ、西洋の絵画の技法である銅版画を日の本で初めて実践した江漢は、平賀源内の高弟だったことでも知られる身。十蔵とは同門の兄弟弟子の間柄だが、顔を合わせるたびに憎まれ口をたたき合うのが常であった。

「毎度文句を言いなさんな。見れば見るほどそっくりじゃねぇか」

「黙りおれ、この山猿め」

「駱駝がお気に召さなきゃ、河童《かっぱ》にするかい?」

「いい加減にせい十蔵。このわしを捕まえて、駱駝だの河童だのとほざきおる無礼者は日の本広しと申せどおぬししか居《ま》らぬわっ」

江漢を贔屓《ひいき》にする大名諸侯が目の当たりにすれば怒り心頭に発し、十蔵をその場で手討ちにしかねない有様だったが、居合わせたお徳は慣れたもの。憎まれ口をたたき合うのをよそに腰を上げ、江漢が日頃から用いている膳を運んでいく。

「すまねぇなぁ、ばさま」

膳が置かれたのに気付いた十蔵は、傍らの鍋に被せておいた蓋を取る。

「ほら駱駝、冷めねぇうちに食っちまいな」

「何じゃ、残りかすではないか」

鍋の中を一目見るなり、江漢は渋い顔。

「四の五の言うない。底まで浚《さら》ったら一人前にゃ足りるだろうぜ」

十蔵は涼しい顔で、杓子と椀を手に取った。

江漢は口を閉ざし、お徳が据えた膳の前に腰を下ろした。

「雑炊か。平賀先生が洋書を買い込んで、食うにも事欠いたのを思い出すわ」

「懐かしいな。あの頃もこうして雑炊を拵えちゃ、みんなで分け合ったっけ」

「……わしの記憶違いでなくば、大半がおぬしの腹に収まったはずだがの」

「おや、そうだったかい」

十蔵はとぼけながらも手を休めず、鍋の底に残った雑炊を椀に盛りつける。お徳は江漢の膳を運んだ後も余計な口を挟むことなく井戸端に出て、十蔵の下着を洗うのに独り勤しんでいた。

「されば馳走になろうかの」

江漢は勿体を付けながら膝を揃えた。

「実を申さば朝駆けをされたのを出し抜いて、裏口から逃げて参ったのでな……まだ朝餉を済ませておらぬのだ」

「世捨て人を気取っていても、絵の注文は尽きねぇわけかい。売れっ子は辛いねぇ」

「なればこそ、おぬしに破格の間借り代を納めてやれるのだ。あり難く思うがいい」

「へいへい、かたじけねぇこってさ。厄介ついでに頼んどいた一仕事もよろしく頼むぜ」

十蔵は憎まれ口を涼しい顔で受け流し、雑炊の椀を膳に置く。

「お早うございやす、八森の旦那！」

玄関から快活に告げる声が聞こえてきたのは江漢が雑炊を余さず平らげ、満足そうに食後の白湯を啜《すす》っている時だった。

「その声は由の字だな。遠慮しねぇで入《へえ》んなよ」

「お邪魔しやす」

十蔵の呼びかけに応じる声も、あくまで明るい。若さを無為《むい》に費やすことなく、前向きに日々を生きていることが伝わる声だ。

「司馬先生もお越しでござんしたか。お元気そうで何よりでございやす」

敷居際でぺこりと頭を下げたのは、まだ二十歳前と思しき男。紺の股引《ももひき》に腹掛けを着け、屋号が入ったお仕着せの半纏《はんてん》を引っ掛けていた。

裏長屋の様子を探っていた、職人風の若い男だ。

この男の名は由蔵。生国《しょうごく》の上州《じょうしゅう》藤岡宿《ふじおかじゅく》から十二の年に江戸に出て、御公儀御用《ごよう》達《たし》の植木屋である埼玉屋《さいたまや》に奉公している、当年十九の若者である。

「昨日は手間をかけたなぁ。おかげで助かったぜ」

「滅相《めっそう》もありやせん。南のお奉行様がご無事で、何よりにござんしたね」

労をねぎらう十蔵に笑顔で答える由蔵は、埼玉屋で抱えの植木職人として働きつつ捕物御用を手伝う身の上だ。

才を見込んだ十蔵の期待に応える見返りに求めたのは、組屋敷の空き部屋を無料で間借りをする許しを得て、書き溜めている江戸市中の諸相《しょそう》の記録を安全に保管できる場所として活用させてもらうこと。

奉公人の身に外泊は許されぬため、寝起きをするのは奉公先の埼玉屋だ。

堅気《かたぎ》の仕事をしながら廻方の手先を務めるのは岡っ引きや下っ引きも同じだが彼らは一本立ちしているか、あるいは一家を挙げて同心に協力する。由蔵のように奉公先に住み込む若輩《じゃくはい》を起用するのは、本来ならば避けるべきことだった。

しかし十蔵はかねてより埼玉屋のあるじとは面識が有り、由蔵のことも奉公したての頃から知っていた。国許で暮らしていた少年の頃から筆が立ち、物書きとして世に出ることを切望して止まずにいるのも承知の上だ。

青雲《せいうん》の志は、無下《むげ》にすべきものではない。

十蔵も若き日に同じ志を抱いた身なれば、力になってやれればと思っている。

だが、その夢を実現させた江漢はいま少し辛辣《しんらつ》であった。

「しばらくだったな、奉公は大事ないかの?」

白湯を乾した江漢が、さりげなく由蔵に問いかけた。

「おかげさまで何とか務まっておりやす」

「ならばよい。ゆめゆめ疎かにするでないぞ」

殊勝な答えを返した由蔵に、江漢はさりげなく釘を刺す。

世に偏屈者《へんくつもの》と言われた江漢だが、封建の時代に在って『皆もって人間なり』と平等論を唱える一方、人気の絵師として不動の地位を確立した後も驕《おご》りを抱かず、日々の生業《なりわい》に地道に取り組む人々を軽んじようとしなかった。

その地道に働く姿勢を、由蔵に失ってほしくはない。

後先考えずに世に出ようとしても上手くいくとは限らぬし、埼玉屋への奉公は国許の家族が望んだ話だ。勝手に辞めてしまうことは許されず、そもそも由蔵は筆一本で食っていくには若すぎる。

そう思うのは十蔵も同じであった。

由蔵の夢は応援してやりたいが、甘やかしては元も子もない。慢心し、奉公を疎かにした上に、志も実現できずに終わってしまう。

そこで埼玉屋のあるじと談判に及び、由蔵を決して手先として引き抜かず、仕事に支障の生じぬ範囲で手伝わせるに留めると約したのだ。

「さればわしは筆を執る故、これにてご免」

江漢は湯飲みを膳に戻して腰を上げた。

「根《こん》を詰めすぎんなよ、駱駝」

「おぬしもな」

十蔵の呼びかけに背中で答えると、江漢は板の間を後にした。

由蔵にはお愛想《あいそ》に口を挟む余地もない。

この二人の間には、若い頃から紡がれてきた絆《きずな》があった。

十蔵は源内が抱えた数多《あまた》の弟子たちの中で、最も辛抱強く師と付き合った。晩年に持ち前の奇行が度を越しても遠ざかろうとはせず、されど盲従することなく、常軌《じょうき》を逸《いっ》した言動を正すためには、手を上げることさえ躊躇《ためら》わなかった。

源内が獄死をして果てた元凶の事件こそ間《ま》が悪く防げなかったものの、江漢を含む兄弟子たちが余りの奇行に呆れ果て、距離を置いても見習おうとはしなかった。

かつて源内と拘わりを持った人々の中で十蔵が未だに親しく接しているのは、杉田《すぎた》玄白《げんぱく》と江漢のみ。江戸の蘭学者たちの長老の玄白には流石に礼を欠かさぬ一方、江漢に対しては若い頃と変わることなく、憎まれ口をたたいて憚《はばか》らずにいた。

その飾らぬ振る舞いが、美辞麗句で耳に胼胝《たこ》の江漢にはかえって心地よい。故に駱駝呼ばわりをされながらも三年来、八森家の組屋敷の一室を隠れ家として間借りし続けているのであった。

四

十蔵は由蔵を伴って玄関を出た。

廻り髪結《かみゆ》いが来るのを待ち受け、月代《さかやき》と髭《ひげ》を剃った上のことである。

お徳は洗濯を終え、庭で乾しに掛かっていた。

秋の日は午前が一番強く、西日は明るくても照り付けが弱いため、洗濯物の乾きが夏場と違って遅い。大所帯は夜が明ける前に洗い終えねば追いつかぬが、八森家は男やもめの十蔵のみ。間借りの二人は汚れ物を出さずに持ち帰ってくれるので、朝餉の支度がてらで十分だった。

「行ってくるぜ、ばさま」

「徳ですよう」

いつもの文句を聞き流し、十蔵は木戸門を潜る。

ちょうど壮平も表の通りに出たところであった。

廻方同心の習いに違《たが》わず、日髪日剃《ひがみひぞり》にしているのは壮平も同じ。男やもめとなって久しい十蔵と違って、髪を結うのも月代を剃るのも妻女に任せるのが常だった。

「よぉ」

「うむ」

言葉少なに挨拶を交わし、二人は連れ立って歩き出す。いずれも表に出た時には深編笠を被っていた。

由蔵は二人の後から黙ってついていく。

神妙に振る舞おうと思いながらも、足が弾むのを抑えきれずにいる。

由蔵はもとより好奇心旺盛な若者だ。そうでなければ生糸《きいと》の商いで活気のある宿場町の暮らしに飽き足らず、遠い江戸まで好きこのんで出ては来るまい。

隠密廻の探索御用の手伝いは、筆一本で世に出ることを切望する身にとって、この上ない経験となっていた。

由蔵は物書きを志してはいるものの、戯作《げさく》に手を染めるつもりがない。曲亭馬琴《きょくていばきん》の如く壮大な物語を生み出す発想も、式亭三馬《しきていさんば》や十返舎一九《じっぺんしゃいっく》の如く庶民の暮らしや旅を笑い話に仕立て上げる感性も、戯作に付き物の言葉遊びの技術も、ことごとく持ち合わせてはいなかった。故に華のお江戸で現実に起きた事件の詳細を実地に調べ、記録することに取り組み続けてきた。

御公儀にとって都合の悪い、正規の瓦版屋《かわらばんや》が取り上げられない醜聞も、急《せ》いて公《こう》刊《かん》しなければ臆せず真相を書き綴り、後の世に伝えることに繋がる。

十蔵と壮平の下《もと》で働き始めたことで、由蔵の手がける江戸市中の諸相の記録は飛躍的に精度を上げた。その内容は齢を経て古本屋を営む傍ら、稀代《きだい》の情報通として江戸で知られる存在となった由蔵の遺稿集『藤岡屋日記《ふじおかやにっき》』に見出すことができる。

しかし由蔵が見境《みさかい》なく書き綴ることを、十蔵も壮平も許すわけにはいかなかった。

「おう由の字、念を押すまでもあるめぇが」

十蔵が前を向いたまま、おもむろに告げてきた。

「昨夜《ゆんべ》のことでございやすね、八森の旦那」

「助《すけ》っ人《と》を頼んだ手前、こっちも強くは言えねぇんだがな……」

「分かっておりやすよ旦那。一文字たりとも書いたりしやせん」

「まことだな、由蔵」

続いて念を押したのは壮平。

「も、もちろんでございやす」

「分かっておれば、それでよい。おぬしの筆はもとよりその口も、ゆめゆめ滑らせてはならぬぞ」

「へ、へいっ」

十蔵には澱《よど》みなく答えた由蔵も、壮平に返す答えは声が震えた。

いつも物静かな壮平だが、時として滲ませる殺気には寿命が縮む思いがする。

壮平は、打物《うちもの》ならば刀である。

十蔵は鉞《まさかり》に譬《たと》えるのが妥当だろうが相方の壮平は鋭利にして重い刃を備え、手の内を利かせて振るうことによって鉄の鎧《よろい》をも斬割《ざんかつ》する、日の本の刀剣そのものだ。

壮平の剣の技量が尋常ならざる域に及んでいることは、壮平も承知している。

左の肩と右の脚に残る古傷のため体《たい》の捌きに自由が利かず、帯びた刀を抜き差しする際に左手で鞘を引くことは叶わぬものの、ひとたび立ち合えば無双《むそう》の強さ。

町方同心は火付盗賊改《ひつけとうぞくあらため》と違って捕物においても斬り捨て御免を許されぬが、和田家に婿入りする以前、工藤平助の門下で医術を学んでいた当時には、師とその家族の命を脅《おびや》かさんとした刺客《しかく》を独りで相手取り、ことごとく斬り伏せたという。真偽の程は定かでないが、五体満足だった頃の壮平ならば難なく成し得たことだろう——。

「どうした、由の字」

十蔵が怪訝《けげん》そうに告げてきた。

足がすくみ、気付かぬ内に立ち止まっていたらしい。

「勘六とおりんの始末はこっちでやっとくから、お前さんは埼玉屋に帰りな」

「すみやせん、ご免なすって」

由蔵は慌てて答えるなり歩き出す。

「私もすっかり老いてしもうたらしい。ちと釘をさすだけのつもりが、素人に分かるほどの殺気を漏らしてしまうとは……な」

よろめきながら遠ざかっていく由蔵を見やり、壮平は恥じた様子でつぶやいた。

「いいんだよ、壮さん。あれだけ肝《きも》を冷やさせときゃ、口を割ることはあるめぇ」

「八森……」

「若え奴にゃ何事も、口で言うより体で覚えさせたほうがいいんだよ」

十蔵は事も無げに答えると、先に立って歩き出した。

剣の技を学ぶ身にとって、殺気を滲ませるのは恥ずべきこととされている。

精神的に未熟云々《うんぬん》、という修養上の話だけではない。

立ち合いに際して攻めてくるのを察知され、先手を打たれてしまうからだ。

相手の機先を制して刀を抜き付け、勝負を制する居合においては尚のこと、致命的なことと言えよう。

壮平が恥じたのも、由蔵を必要以上に怯えさせたこととは違う。

かつて剣鬼《けんき》と恐れられ、如何なる手練《てだれ》も寄せ付けなかった技量の衰えを、図らずも自覚させられたが故であった。


呉服橋を渡った十蔵と壮平は、引き続き御門を潜っていく。

勝手知ったる番士たちに対してまで、いちいち顔を隠すには及ばない。

「御役目ご苦労にござる」

「痛み入り申す」

十蔵は日頃の伝法な口調を改め、武士らしく挨拶を返す。

壮平は無言で一礼し、居並ぶ番士たちの前を通り過ぎる。

脱いだ深編笠を左手に提げ、呉服橋の御門内に立つ。

北町奉行所が在る場所は、御門を潜ってすぐ左手。

数寄屋橋《すきやばし》の南町奉行所と共に、華のお江戸の治安を護る砦《とりで》であった。

五

隠密廻同心は、廻方の筆頭と言うべき立場を兼ねている。

十蔵と壮平は、今日も朝一番で定廻と臨時廻の面々に発破《はっぱ》をかけた。

「いいかお前ら、性根を据えてけよ！」

と十蔵が檄《げき》を飛ばせば、

「この江戸の安寧《あんねい》はおぬしたちの働きに掛かっておる。左様に心得、しかと頼むぞ」

と壮平が言い添える。

同心部屋から送り出し、後に残ったのは一人の若い同心。

その名は田山雷太《らいた》。先頃に悪党一味の罠に嵌《は》められ、危ないところを十蔵と壮平に救われたことをきっかけに、隠密廻の助っ人をするようになった身だ。

しかし、探索や見張りに留まらぬ大役をこたびは仰せつかったとなれば、緊張するのも無理はない。

「しかと務めよ、田山」

「は、ははっ」

壮平に向かって答える雷太は、固太《かたぶと》りのがっちりした体つき。

それでいて顔立ちは子どもじみており、どことなく栗鼠《りす》を思わせる。

「おう小栗鼠、まずは肩の力を抜きなって」

「こ、心得ました」

続いて十蔵が呼びかけても、緊張はまだ抜けない。

「全然分かっちゃいねぇだろ……そのまま座ってな」

十蔵は溜め息交じりに告げるなり、雷太の背中に身を寄せた。

「八森様っ!?」

「こうしてほぐしておかねぇと、血の巡りが良くならねぇんだ。せっかく天下の司馬江漢先生に筆を執らせようってんだから、下地はきっちり仕上げねぇとな」

慌てる雷太を押さえ込み、十蔵は慣れた手付きで固太りの体を揉みほぐしていった。

長屋では異変が起きていた。

おかみ連中が勘六の部屋の前に集まり、じっと様子を窺っている。

「どうしたんだい、みんな？」

怪訝そうに問いかけたのは洗濯物を乾し終え、八森家から戻ったお徳。

「あのあばずれが出て行っちまったんだよ」

「ほんとかい⁉」

「嘘を言ってどうするんだい。あんないい亭主と子どもを置き去りにして、ふざけたこったよ」

お徳は黙って身を乗り出し、閉じられた腰高障子越しに耳を澄ませた。

聞こえてきたのは子どもの寝息と、絞り出すような泣き声。

気まずい顔をしたお徳は、そっと障子の前から離れる。

他のおかみたちも口を閉ざし、それぞれの部屋に戻っていった。

障子戸が開かれたのは、一刻（約二時間）ほど経った後のこと。

「お徳さん、ご免くださいまし」

前触れなく訪ねてきた勘六は、眠った子どもを抱いていた。

「おかげさまで熱は下がりましたので、ちょいとお預かり願えませんか」

「そりゃ構わないけど、どちらへお出でなんだい？」

「女房を迎えに参ります。行先は分かっておりますので」

戸惑いながらも子どもを抱き取ったお徳に告げる、勘六の態度に迷いはない。

人の好《よ》さげな顔を引き締め、ずんずんと木戸を通り抜けていく。

後を追い、ごま塩頭の小者が歩き出す。

奉行所雇いではなく、同心が個々に召し抱えている小者だ。

その小者の名は仁五郎《にごろう》。御先手弓組《おさきてゆみぐみ》の同心を代々務めた田山家に若い頃から仕えてきた。雷太のことは生まれた時から知っており、火付盗賊改の加役《かやく》をしくじって北町奉行所に異動させられたのを案じ、進んで付いてきた忠義ものだ。

当年五十八になる仁五郎は、小柄ながら精悍《せいかん》な面構え。

堂々としたたたずまいは幕府の武官である御先手組の家に仕える上で、己を鍛えることを心がけ、培《つちか》ってきたものだ。元はと言えば本所《ほんじょ》の地回りあがりで、武芸の修行だけでは身に付かない、喧嘩の技も心得ていた。

お仕着せの法被《はっぴ》を脱いだ仁五郎は、縞柄《しまがら》の着流し姿である。

若い者より派手さを抑えた柄ながらも、老け込みすぎてはいなかった。

年季を重ねた遊び人といった風体は、尾行する相手の行先をあらかじめ察していたが故のもの。

日本橋から神田《かんだ》に抜けて、勘六が向かったのは浅草《あさくさ》だった。

神田の町人地を通り抜け、浅草御門を潜った先の一本道は浅草寺《せんそうじ》の参道だ。

雷門《かみなりもん》が近付くほどに混み合う昼下がりの通りを仁五郎はすいすいと、肩をぶつけることなく進みゆく。立ち止まらずに歩きながらも急くことのない、あくまで自然な足の運びだった。

仁五郎が探索御用の手先を務めるようになったのは、雷太の祖父が現役の御先手弓組同心として火付盗賊改の加役に就いていた当時からのこと。若い時分にはしくじることも多々あったが雷太の父が後を継ぐ頃には年季も入り、今や探る相手を後ろから尾行するのみならず、先を歩きながら行先を突き止める術まで心得ている。

こたびは六尺豊かな大男が相手だけに、雑踏でも見失う恐れは皆無。乗り込む先に見当が付いているとあれば尚のこと、焦るには及ぶまい。

「ご苦労であるな、仁五郎」

後ろから声を潜めて呼びかけられたのは勘六が雷門の前を左に曲がり、大小の寺社が集まる寺町に入った直後のことだった。

染めが渋い黄八丈の着流しに、黒鞘の大小の二本差し。

脱いだ黒紋付は風呂敷に包み、さりげなく小脇に抱えている。

深編笠の下に隠された顔形はもとより見て取れないが、常に落ち着いた声を聞けば自ずと分かる。北町奉行所隠密廻同心の和田壮平だ。

「和田の旦那こそ、ご苦労様でごぜえやす」

仁五郎は肩を並べて歩きつつ、声を潜めて言葉を返した。

三十年来の相方という八森十蔵と共に『北町の爺様』と異名を取る壮平は、仁五郎にとっては大事な恩人。北町奉行所でも厄介者扱いをされていた若いあるじの雷太を未だ見限らず、厳しくも親身に教え導いてくれている。身分の違いを抜きにしても肩を並べて歩くなど畏れ多いことであったが、尾行の最中とあってはやむを得まい。

「流石は堂に入っておるの。素性を承知でなければ見抜けまいぞ」

「滅相もございやせん。見様見真似で年を重ねただけのことにございやす」

「俺もいるぜぇ、仁《に》の字」

続いて聞こえてきたのは、小声でも迫力十分な胴間声だ。

「八森の旦那もご一緒でござんしたか」

「お前さんを連れに来たんだよ」

「それじゃ、うちの坊ちゃんは」

「一足先に俺んとこに行かせたよ。次はお前さんの番だぜ」

足を止めることなく歩きながら、男たちは言葉を交わす。

十蔵が仁五郎に向かって告げているのは、こたびの捕物を実行するのに際し、事前に言い含めておいたことである。

「ですけど旦那、坊ちゃんはともかく、あっしまでよろしいんですかい？」

「案ずるにゃ及ばねぇよ。駱駝に任せておけば安心さね」

「いえ、司馬先生のお腕前のことじゃありやせん」

「だったら何が心配なんだい？」

「恥ずかしながら若気の至りで、つまらねぇもんを彫っておりやして……」

仁五郎は歩みを止めることなく、着流しの左袖を捲って見せた。

ちらりと覗かせたのは、

『ミトヨ命』

と見て取れる、片仮名交じりの彫物。惚れ合った客の腕に遊女が墨で書いた上から針で刺し、深い契りを形にしたものだ。

「ほお、粋なもんじゃねぇかい」

十蔵がにっと笑えば、

「されば相手のおなごはゴロサマ命、だの」

壮平も微笑ましげにつぶやいたが、仁五郎は未だ不安な面持ち。

「こんなもんをお目にかけちまったら、司馬先生はお気を悪くなさるんじゃありやせんかい？　あっしなんざ本来は足元にも近寄れねぇ、偉いお人でございやすしねぇ」

「へっ、駱駝はそんな野暮天じゃないさね」

恥じ入るばかりの仁五郎を一笑に付し、十蔵は続けて言った。

「お前さんも知ってるだろうが、あいつは平賀源内と長え付き合いだった身だ。あの奇天烈じじいが毎日やらかしてたことに比べりゃ、このぐれぇ可愛いもんさね」

「八森が申すとおりぞ。ご存分に腕を振るうていただいて参るがよい」

壮平も真面目な声で言い添え、仁五郎を促す。

「承知しやした。それじゃ、ご免なすって」

仁五郎はさりげなく踵を返し、八丁堀へと戻っていった。

その間にも、勘六はずんずん先を歩いていく。

尾行されているとは気付かぬまま進みゆく、大きな足は止まらない。

「うん、迷いのねぇ足の運びだ」

勘六の広い背中を遠目に見やり、十蔵は満足そうにつぶやいた。

「あの様子なら浜吉《はまきち》一家のごろつきどもに凄まれても、尻尾を巻いて逃げ帰るこたぁあるめぇよ」

「左様に願うて、我らも乗り込む支度を調えようぞ。田山と仁五郎が戻って参る時を稼ぐためにも、勘六にはしばし粘ってもらわねばなるまい」

「心配するにゃ及ばねぇぜ壮さん。手前から虜にされに出向いちまったおりんはもとより勘六も、体に障《さわ》るほどの怪我はさせられめぇ。あの夫婦は浜吉一家にしてみりゃ金のなる木みてぇなもんだからな」

「さもあろうが、まことに許し難き者どもぞ」

十蔵のつぶやきに応じて、壮平は答える。

「真っ当な香具師《やし》の親分が眉を顰める場所代を縄張りの露天商から絞り取るだけでは飽き足らず、丁半博打で荒稼ぎ。それも真っ当な住職が預かる寺社を選んでは開帳を強いて寺銭《てらせん》を押し付け、いざという時に巻き添えにしおる所存とは、罰当たりにも程があろう。この機を逃さず、完膚なきまでに叩き潰してやらねばなるまい……」

密めていても伝わってくる、強い怒りを込めた声であった。

六

町触とは南北の町奉行の名で発せられ、町《ちょう》役人を通じて江戸市中に周知される条例のことである。その効力は老中が将軍の承認を得て発する御触《おふれ》には及ばず、こたびの彫物禁止の町触も、後に老中首座となった水野越前守忠邦《みずのえちぜんのかみただくに》が天保《てんぽう》十三年（一八四二）弥生《やよい》八日に発した彫物御停止令《おちょうじれい》ほど徹底されたわけではない。

されど、北町奉行の永田備後守正道《ながたびんごのかみまさみち》は甘くなかった。

町触を発する五日前の葉月二十一日、正道は永代寺《えいたいじ》門前、佃町《つくだちょう》、海辺大工町《うみべだいくまち》に常《とき》盤町《わちょう》と深川の各地で御用にした彫師四名を、手鎖の刑に処している。

手鎖とは両の手首に錠前《じょうまえ》付きの鉄輪《かなわ》を嵌めて数十日、長くて百日を過ごすこと。鍵は町奉行所の同心の管理の下に置かれて数日に一度しか外してもらえず、入浴できるのはその時のみで、毎日の大小便や食事は手鎖をされたままで済ませる。いずれも人の手を借りねばならず、家族の居ない者は隣人などの情けにすがるしかなかった。

命までは取られぬものの、何とも辛い罰である。

しかし、正道の下した罰は温情を伴うものだった。

この裁きは、言うなれば荒療治。

手鎖の刑に処することにより、彫師たちを商売替えに導いたのだ。

彫師には元は絵師だった者が多い。針を再び筆に持ち替え、あるいは別の稼業に転じて出直すことを期し、便宜《べんぎ》も可能な限り図る所存だった。

それと同時に正道が危惧し、十蔵と壮平に指示したのは彫師を取り込み、裏で仕事をさせようと目論む輩を摘発し、その目的を潰すこと。

自己顕示欲の強いおりんに甘言《かんげん》を弄《ろう》して誘い出し、後を追ってきた勘六の身柄まで押さえたのは、浅草界隈の盛り場を仕切る香具師の親分衆の中でも、とりわけ悪名の高い輩であった。


おりんは勇《いさ》んで訪ねた一家の奥に連れ込まれ、腰巻一枚に剝かれていた。

持参の画稿は一顧《いっこ》だにせず、傍らに投げ出されたままである。

勘六以外に集めた彫師たちのための下絵も任せると誘っておきながら、親分が必要としたのは熟《う》れた女体《にょたい》のみだったのだ。

「どういうことなんです、親分さんっ」

両腕で胸を隠したおりんは、信じ難い様子で問いかける。

「決まってらぁな。客に出す前に味見をしようってんだよ」

「おふざけも大概《たいがい》にしてくださいな！　あたしは女郎《じょろう》じゃありませんよ！」

「もちろんさね。お前さんは彫物に関わることが生業だろ」

「そ、それはそうですけど」

「だから針を刺した痛みを癒す役目を任せてぇのさ」

「彫物のお客さんと寝ろってんですか」

「それだけじゃなく、合間に風呂に入る時の世話もしてもらいてぇ。まぁ、その時にもよおす客も居るこったろうがな」

「あんまりですよ親分さん。あたしは下絵師なんですよ!?」

「絵筆なんぞ金輪際《こんりんざい》、握らなくていいのだぜ。お前さんほどのいい女は滅多《めった》にゃ見つかるめぇが、絵師の代わりなら幾らでも居るからな」

「そんな……」

「さーて、往生させてやろうかね」

愕然《がくぜん》と肩を落とした弾みで、おりんの豊かな胸が露わになった。

その様に舌なめずりをしながら、親分はいそいそと単衣を脱ぎ捨てる。

半襦袢も取り去って、毛むくじゃらの体を露わにする。

「待ちな浜吉。粗末なもんを人様に見せんじゃねぇよ」

部屋の障子が開かれるなり告げられたのは下帯をずらし、股間《こかん》の一物《いちもつ》を取り出さんとした時だった。

「誰でぇ」

向き直りざまに凄んだ浜吉が、どっと仰向けに倒れ込む。

踏み込みざまに一撃したのは十蔵。

古びた単衣に袴、鞘の塗りが剝げかけた大小の二本差し。

いつもは穿かない袴を着けていたのは、貧乏御家人になりすますためであった。

こたびの町触を望んだ老中首座の松平伊豆守《いずのかみ》信明《のぶあきら》は、若手の老中だった当時に松平定信から指導をされたことにも増して儒教を重んじ、親から授かった体を損《そこ》ねる彫物に対し、嫌悪を抱いて止まずにいる。

火消を始めとする勇み肌の男たちが見た目の華美さを求めるのみならず、互いに命を預け合う絆《はぐく》を育むために同じ彫物を背負わんと欲した心情を理解しないまま、禁令の実行を町奉行に強行させたのである。

信明の目的は、それだけではなかった。

将軍の直臣《じきしん》でありながら不埒《ふらち》な旗本御家人を取り締まり、かつての定信の如く厳罰を以て対処したい。武士にあるまじきものとして彫物を咎め、切腹に処すれば、余りに数の増えすぎた御家人の家々を廃することにも繋がる――。

理想と実益を兼ね備えた、されど行き過ぎた話であった。

十蔵と壮平はもとより正道も、表立って異を唱えるわけにはいかない。

ならば裏で手を尽くし、御家人の評判を良くするのみだ。

「勘六は返してもらったぞ！」

廊下から勇ましい声が聞こえる。

「この腕の冴え、うぬらに飼い殺しにさせて堪るものか！」

こちらも御家人を装って乗り込んだ雷太が、片肌《かたはだ》脱ぎになって吠えた。

左肩の倶利伽羅不動《くりからふどう》の彫物は江漢の筆になる。

折よく八森家に逗留中なのを幸い、雷太を連れて戻った十蔵が描かせたのである。

十蔵と壮平は変装により若作りもできるが、肌の衰えまではごまかせない。

されど御家人を装って勘六とおりんを助け出す上で、この夫婦の手がけた彫物を背負っていないのは不自然だ。

そこで若い雷太も共に乗り込ませ、二人は肌身を隠した上で一家の連中を蹴散らす役目に徹したのだ。

十蔵は剣術こそ不得手だが、柔術は腕に覚えがある身。

刀を捌くのは壮平に任せておけば安心だ。

見得を切った雷太を護り、壮平は子分どもを峰打《みねう》ちで倒していった。

体に届く寸前に刃を返し、斬られたと思い込ませて失神を誘うのだ。

勘六の傍らには雷太と同じく肩肌脱いだ仁五郎も付き添い、隙を衝こうとした子分を木刀で殴り倒していく。

勘六はおりんを取り返すべく乗り込みはしたものの、もとより心優しく荒事《あらごと》とは無縁の質《たち》である。抵抗空《むな》しく子分どもに殴り倒され、されど商売道具の指だけは損ねぬように縛り上げられていたのだ。

ともあれ、これで大事ない。

「ぐえっ」

壮平が最後に残った子分を打ち倒した。

それを十蔵は縁側越しに見届けると、浜吉に歩み寄った。狙いすました十蔵の拳《こぶし》を喰らい、完全に気を失っている。

おりんはすでに着物を羽織り、十蔵の後ろに逃れていた。

「さぁ、亭主と一緒に帰るんだ」

「か、かたじけのうございます」

「坊ずはお徳のばさまが預かってる。お前さんの傑作《けっさく》をな」

「傑作、ですか？」

「絵と違って代わりが利かねぇ、お前さんと勘六だけに授かった宝さね」

「……旦那は、ほんとに御家人様なんですか」

「そうだよ」

「あたしを無理やり女にしやがった御家人どもは、そんなことは言っちゃくれませんでした」

「まさかお前さん、それで駆け落ちを？」

「生まれてくる子どもに罪はないって、あの人も」

声を潜めて十蔵に告白しながら、おりんは勘六に視線を向ける。

「もっと大事にしてやりねぇ。坊ずはもちろん、亭主もな」

「はい！」

おりんは明るく十蔵に答える。

憑《つ》き物が落ちたかの如く、穏やかな笑みだった。

七

十蔵は改めて同心たちを差し向け、浜吉一家を御用にさせた。

廻方同心が特定の親分と癒着《ゆちゃく》することは、日頃から禁じられている。上役の与力に命じられるまでもなく、十蔵と壮平が長きに亘《わた》って説いてきたことだ。

一家は遠慮なしに縄を打たれ、連行されていく。

全員がうなだれているのは、小伝馬町《こでんまちょう》の牢屋敷を恐れてのこと。

娑婆《しゃば》で親分と名乗っていても、その勢いが牢屋の中で通用するとは限らない。

江戸の博徒《ばくと》は街道筋の渡世人《とせいにん》を侮《あなど》って百姓呼ばわりをしているが、その手の渡世人たちの中には博打《ばくち》のみならず、腕っ節も並々ならぬ強者《つわもの》が居るものだ。

「ちょうど貫禄《かんろく》のある奴が入牢したばかりだったな。お前らの根も葉もねぇ自信ってやつを、思いっきり叩き潰してもらうがよかろうぜ」

物陰から見送りつつ、十蔵は苦笑と共につぶやいていた。

その夜、十蔵と壮平は正道へ報告に及んだ。

正道は奉行所と棟続きの、役宅の奥向きで暮らしている。

「何とか月が明ける前に片が付きやしたよ、お奉行」

「大儀であったの」

微笑と共に労をねぎらう正道は当年六十。肥え太ってはいるものの、能楽《のうがく》の修練で鍛えた体は切れが良い。

かつて正道は、守銭奴《しゅせんど》の誹《そし》りをほしいままにしていた身。

その体は賄賂《わいろ》で太ったものと見なされ、周囲から畏怖《いふ》と冷笑を等しく受けていた。

去る卯月に新任の北町奉行として着任した当時は、まだ守銭奴だった正道だが今は違う。

なればこそ十蔵も壮平も、労を惜しまず働けるのだ。

「次はどうしやすかい」

「……左衛門尉が倅《せがれ》を生け贄《にえ》にせんと企《たくら》む、御家人の一派が居るそうだ」

「まことにござるか？」

正道の話に、壮平が驚いた声を上げた。

「おぬしらが知らぬとあらば根は深いの」

「上《うえ》つ方《かた》にそいつらをそそのかしてる奴がいるってことでござんしょう。へっ、千代《ちよ》田《だ》の御城で大人しくしてりゃいいものを」

十蔵は不敵に微笑むと、正道に問いかけた。

「この俺の耳に入っちまったのが運の尽きでさ。お奉行、詳しい話を聞かせておくんなさいやし」

秋風に桜吹雪《ふぶき》

一

武家において家名の存続は、何を措《お》いても果たすべき大事である。

抱席《かかえせき》と呼ばれる、一代限りの御家人にとっては尚のことだ。

抱席の家督相続は番代《ばんがわり》という。

通常の家督相続ならば、後継ぎが子どもであっても差し支えはない。

しかし抱席の場合には先代の当主に代わって早々に出仕に及んでの番代、すなわち御役目を引き継ぐことが必須とされた。

幼子では話にならず、元服《げんぷく》していても少年では力不足。若くとも十代後半から二十歳前後の、分別がある者を立てなければ相続を認められはしなかった。

故に抱席の家は長子が家督を継いだ後、弟を大事にせざるを得ない。

自身が男子を授かっていても幼ければ番代をさせられぬため、成長するまで御役目を代行させる存在が必要だった。

親類縁者に任せることも認められてはいるが、従弟《いとこ》や甥《おい》といった近い血縁であればともかく、遠縁の者は避けたい。

苦労をして獲得した立場を手放したくないのは人の性《さが》だ。

故に抱席の家の二男や三男は生まれ育った屋敷内で幅を利かせ、代々続いた譜代《ふだい》の家ならば厄介者《やっかいもの》の扱いをされても文句の言えぬ身であるにもかかわらず、大きな顔をしていられたのである。

だが、恵まれた立場は人を増長《ぞうちょう》させるもの。

背負った責任の重さを自覚していないが故の、愚行であるとも気付かずに——。

「ははは、愉快愉快」

「今宵もよう呑んだのう」

「明日は深川まで足を延ばそうぞ。儲かっておる店も多い故な」

「それは良いな。大いに小遣いを稼ぐとしようぞ」

「もとより我らは無頼の身。懐が寂しいままでは年越しの蕎麦も味わえぬわ」

「寂しいのはおぬしの毛だ。遠からず髷も結えなくなるのが目に見えておる」

「うぬっ、何を吐《ぬ》かすか」

「怒るな石田《いしだ》、下の毛ならば、よう茂っておるではないか」

「左様左様、一物も我らの中では一番ぞ」

男たちは酔いに任せて蛮声を上げながら、夜更けの通りをのし歩いていた。

まだ二十歳の半ばくらいの者ばかりと見受けられる。

武士らしく袴を穿いてはいるものの、着付けはだらしない。単衣の前を大きくはだけさせ、左胸に入れた梵字《ぼんじ》の彫物をちらつかせていた。

御徒組《おかちぐみ》の拝領した組屋敷がひしめき合う、その名も神田御徒町《おかちまち》。

この男たちは御徒の御家人の部屋住みなのである。

御徒は御成《おなり》の一行の露払いなど、将軍が千代田の御城から出かけた際の市中の警戒を基本とする御役目だ。

各組を束ねる御徒頭だけは譜代の旗本だが、その下に付く徒組頭と平の御徒は抱席の御家人。御徒頭は当然ながら御目見で、礼装として布衣《ほい》の着用まで許されたが、徒組頭は裃《かみしも》どまり。御徒は常に羽織袴であった。

役高《やくだか》は徒組頭が百五十俵、御徒は七十俵五人扶持から八十俵三人扶持。同心の俸禄《ほうろく》である三十俵二人扶持と比べれば倍以上の高給だが、番代の備えとして養われている部屋住みに多額の小遣いを渡せるほどの余裕はない。故に徒党を組んで出歩き、因縁をつけるネタを目敏《めざと》く見つけ出し、金にすることを常としているのだ。

一党を率いる石田和真《かずま》は当年取って二十五になる、徒組頭の二男坊。家督を継いだ五つ違いの兄は未だ子どもに恵まれず、下に他の弟はいない。万が一のことがあれば確実に、家督と御役目が転がり込んでくる立場だった。

「それにつけても、近頃はろくな女が居らぬな」

「左様左様、美形はなかなか隙を見せず、引っかかるのはおかちめんこばかりだ」

和真のぼやきを受け、苦笑いをしたのは同い年の青山真吾《あおやましんご》。家は格下の御徒だが、番代が確実な身なのは同じである。

「青山、あのおなごは何と申したかな」

「誰のことだ、石田」

「町絵師の娘だよ。幾ら良き絵を描いても父親に認められぬと自棄酒《やけざけ》を喰ろうていたのに付き合うて、二人でお初を頂戴したのを忘れたか？」

「いつの話をしておるのだ」

「四年前だ」

「覚えておらぬなぁ」

「ふん、付き合い甲斐のない奴め」

「左様なことを申すでない。おぬしの逸物に音《ね》を上げぬのを見つけてやる故」

不快な面持ちとなったのを、真吾は慌てて宥める。

和真は一党を率いるにふさわしい、腕も度胸もある男。

いずれ上役にもなると思えば、幼馴染みでも機嫌を取ることが欠かせない。

そんな和真を見込んでいるのは、真吾と仲間たちだけではなかった。

御目見以下の御家人とはいえ、御徒も将軍家の御直参。

強請《ゆす》りたかりに行きずりの女の強姦《つっこみ》を常習とする一方、地回りを相手取っての喧嘩沙汰まで一度ならず引き起こしていながら、未だ御目付筋に召し捕られていないのは将軍の覚えが目出度い、さる人物のおかげであった。

和真と真吾は今日の昼下がり、その人物から思わぬことを頼まれた。

御目付の遠山左衛門尉が一子の金四郎に往来で喧嘩を売って斬り合いに及び、御縄を受けさせよ、というのだ。

喧嘩両成敗で捕まった後のことは心配せずに金四郎が、ひいては遠山家が罪に問われるように事を運んでもらいたい。

不可解な頼みであったが、これは上つ方に恩を売る好機である。

御徒組に甘んじず、出世を果たす糸口になるのは確実だ。

しかし、恃《たの》みの和真は気乗りがせぬ様子。

当年十九になる金四郎は、若いながらも腕が立つ。

家督の相続を巡って遠山の屋敷を飛び出し、昨年の暮れまでは浅草界隈をねぐらにしていたのが人気役者の三代目坂東《ばんどう》三津五郎《みつごろう》に見込まれて、近頃は深川の永木《えいき》河岸に三津五郎が構えた家に居候《いそうろう》をし、芝居小屋で囃子方《はやしかた》の仕事に勤しんでいるという有様だったが、まだ腕が落ちてはいまい。

出世の糸口と思えば体を張る値打ちもあるが、やはり命は惜しいもの。

どうあっても和真に奮起してもらわねばなるまい。

「なぁ石田、たまには吉原《よしわら》へ参らぬか？」

散財するのを覚悟で真吾は呼びかける。

未だ思い出に耽《ふけ》ったままの和真の耳に、何も聞こえてはいなかった。

「何処に姿を晦ませおったのだ、おりん……」

傲慢《ごうまん》そうな面構えには似合わない、切なげなつぶやきであった。

二

自分が何者かに狙われていることを、当の金四郎はまだ知らない。

一昨日に屋敷を出たところを待ち伏せられ、連れ去られた挙げ句の果てに南町奉行の根岸肥前守鎮衛と共に、引導《いんどう》を渡されかけたばかりなのだ。

流石の金四郎も無頼を気取った暮らしを続けるわけにはいかず、南町奉行所の面々に伴われて屋敷へ戻っていた。

「…………」

久方ぶりの私室で布団に寝転がり、まんじりともできずにいる。

昨夜に続いて今宵もまた、睡魔が訪れてくれる様子はなかった。

屋敷の奥の一室では、いま一人の男も眠れぬ夜を過ごしていた。

その名は遠山景善《かげよし》、当年取って四十二。

遠山家の現当主の遠山左衛門尉景晋が婿入りをした後に生まれた、先代当主の実子であった。

すでに妻子ある身の景善だが、その立場は景晋の養嗣子《ようしし》だ。

義理堅い景晋は金四郎という実の息子がありながら長幼《ちょうよう》の序《じょ》を重んじ、景善を長男として養子に迎えたのである。

その上で、金四郎は景善の養子とされてしまっている。次期当主の座を確実に景善に受け継がせ、金四郎はその後となるようにするためであった。

この仕打ちに金四郎は耐えかねて屋敷を飛び出し、無頼の暮らしを始めたばかりか彫物まで入れるに至った。

家の恥と最初は思い、力ずくで連れ戻した景善だが、いまは己の浅はかさを恥じるばかりである。

一昨日、金四郎が素性の分からぬ一味に囚われたのは景善が原因。

さる人物が寄越した使いの脅しに屈し、金四郎を屋敷の外に出したのだ。

この経緯は、すでに金四郎も知っている。

義理とはいえ父親となった男の薄情な所業を、さぞ軽蔑していることだろう。

されど、景善に言い返す術《すべ》はない。

「…………」

御公儀の命《めい》を受けて対馬《つしま》に出張った景晋も、月が明けて早々に江戸へ戻ってくる。

景善は恥を承知で全てを打ち明け、許しを請う所存であった。

三

北町奉行所の役宅では、十蔵と壮平が唖然《あぜん》としていた。

「小納戸頭取《こなんどとうどり》、ですかい？」

「中野播磨守《なかのはりまのかみ》様でござるな」

正道が挙げたのは、思いがけない人物の名前。

「左様。上様の御側仕えで一の御気に入りが、裏で糸を引いておるに相違ない」

十蔵と壮平に向かって告げる正道の声は、静かな怒りを帯びていた。

小納戸頭取の中野播磨守清茂《きよしげ》は当年四十七。正道が言うとおり、当代の将軍である徳川家斉《とくがわいえなり》の側近中の側近だ。

「上様の御気に入りってぇと、水野に林《はやし》の二人出羽《でわ》様も左様でござんしょう？」

「存じておったか、八森」

「かねてより市中で噂になっているこってさ、お奉行」

家斉には清茂の他に二人、格別に目を掛ける寵臣《ちょうしん》が存在した。

水野出羽守忠成《ただあきら》と林出羽守忠英《ただふさ》だ。

当年五十の忠成は若年寄、清茂と同い年の忠英は御側御用取次を務めている。

共に出羽守と名乗っていて差し支えがないのは、朝廷ではなく幕府が管轄《かんかつ》していて融通《ゆうずう》の利く武家官位であればこそ。重複《ちょうふく》した場合には格下の者が遠慮し、自ら改めるのが常だが二人は同じ官名であることをむしろ喜び、そのままにしているらしい。

「銭の亡者の商人どもが盛んに言っておりやすよ。ご病身の小知恵伊豆様がいけなくなりなすったら後釜は二人出羽様のどっちかに違いねぇ、文《あや》を付けとくんなら今の内だと」

「ご老中職はお大名でなくば就けぬが習い故、順当ならば水野様。さもなくば上様の御配慮を賜りて、林様が旗本から大名に格上げされるのではないかと囁かれておりまする」

「左様な噂が立っておるのも無理はあるまい。寛政の世に越中守様が改められ、伊豆守様が受け継がれし御政道《ごせいどう》の在り方は、上様の御意向に沿うものではない故な……」

松平伊豆守信明を中心として行われる文化八年現在の幕政は、家斉が十五の若さで十一代将軍となった当初から六年に亘って老中首座を務めた、越中守こと松平定信の改革を継承している。

定信が打ち出した方針は、一言でいえばお堅い路線。改革の根本とした質素倹約を民に強いるからには上に立つ武士が手本を示すべしと唱え、前の将軍だった十代家治《いえはる》の下で田沼主殿頭意次が賄賂を横行《おうこう》させたのは不届き至極と見なし、実力がなければ出世が叶わぬように人事の管理を引き締めると同時に士風矯正を唱え、文武の両道に通じることを求めた。

「お奉行。上様は八代吉宗公《よしむねこう》さながらの、剛毅《ごうき》な御方なのでござんしょう」

「武の道に関しては、そのとおりぞ」

「されば、文の道は」

「御畏れながら昔も今も、越中守様のお眼鏡に適うてはおられまい。ひとたび御弓を取られれば時を忘れて熱中なさるが常なれど大学頭《だいがくのかみ》様がご講義には熱が入らず、書《しょ》見台《けんだい》に向かうことさえ億劫がられる御気性であらせられるのでな」

「聞いた話じゃ東西の軍記物が大好きで、とりわけ三国志《さんごくし》に入れ込んでいなさるってことですぜ」

「御自らの御目で文字を追われることなく、御《お》小姓衆《こしょうしゅう》に読ませておられるのだ。戯作であれば絵と共に目を通さねばなるまいが、上様はそちらは余り好まれぬ」

「それほどですかい」

「御畏れながら、それほどじゃ」

「御無礼ながら、それじゃ文武両道ってわけには参りやせんね」

「もとより臣下の我らに恥じぬだけの御教養は御身に付いておられるが、越中守様の如く数多の書に接し、より深き学びをなさろうとはしないのだ」

「吉宗公の御英邁《ごえいまい》さも越中守様と、上様が実の御父上の一橋《ひとつばし》様に受け継がれたのみということでござるか」

「その秀《ひい》でし才も一橋様は権謀術数《けんぼうじゅっすう》にしか発揮しておられぬのだが……な」

「そこんとこだけは上様が似なくて不幸中の幸いでござんしたねぇ」

「左様。上様におかれては御自ら、策略を以て事をなそうとはまるで考えておられぬ……したが御気に入りの者どもは、さに非《あら》ずじゃ」

「上様の御存じねぇとこで勝手な真似して、私腹を肥やそうってんですね」

「左様」

「よくお分かりになりやしたね」

「ふっ、蛇《じゃ》の道は蛇《へび》と申すであろうぞ」

正道は苦笑交じりに答えていた。

苦笑いを引っ込め、十蔵と壮平に向かって問う。

「おぬしたち、わしのことをどう思う？」

「ここんとこのご采配《さいはい》のことですかい。それなら申し分ございやせんよ」

「それがしも左様に存じまするが」

「ならば前のことまで含めて申せ。忌憚《きたん》は無用ぞ」

今度は十蔵と壮平が苦笑いをする番だった。

「答えよ」

正道は二人を促す。

「そうですかい……」

溜め息交じりのつぶやきの後、十蔵は厳めしい顔を引き締めた。

「無礼を承知で申し上げりゃ、ご着任しなすってからしばらくの間は噂に勝る守銭奴としか思っておりやせんでした」

「右に同じでござる」

壮平も端整な細面に真摯《しんし》な表情を浮かべていた。

「ははは、さもあろうぞ」

二人の答えに気を悪くした様子も見せず、正道は笑って言った。

「他ならぬわし自身、以前に増して浅ましゅうなったと感じてはおったのだ。我が身の愚かさを重々思い知らされたのは、この御役目に就かせた林出羽守と事を構えたが故だがのう」

実感を込めたつぶやきだった。

町奉行は旗本にとって出世の極みと言うべき役職だ。

江戸市中の司法と行政を司《つかさど》り、徳川将軍家の御膝元たる華のお江戸を実質的に取り仕切る御役目は、他の役人とは職掌の規模が違う。咎人を捕らえて裁く御用を務める立場を不浄《ふじょう》役人と蔑《さげす》む声も、妬《ねた》みと思えば気にはならない。

代々の家禄が役高の三千石を下回っていた場合に差分が足高《たしだか》として支給されるのは御定法《ごじょうほう》のとおりだが、大きいのは裏の稼ぎ。大名屋敷から持ち込まれる家中の事件を密かに始末する見返りや、市中の豪商からの献金も受け取り放題だった。

阿蘭陀《オランダ》と清国《しんこく》の商人から高価な異国の品々を個人で買い付け、転売して利益を得ることを許された長崎奉行の破格の特権には及ばぬものの、町奉行は役得により私腹を肥やす折に事欠かない御役目であったのだ。

加えて、割り切りさえすれば楽ができる。

「町奉行は命を縮めがちと申すが、それは配下となりし与力と同心を意のままに動かさんと苦心惨憺《さんたん》するが故のこと。おぬしらにしてみれば、要らぬ苦労であろう？」

「左様でございやすねぇ」

「重ねてご無礼なれど、仰せのとおりかと」

腹を割った正道に応じ、十蔵と壮平も腹蔵《ふくぞう》なく答えた。

町奉行はおおむね二つの型に分けられる。

第一に多いのは、正道が言ったような無理を重ねるも成果を出せずじまいの者。

第二に多いのは遺憾なく実力を発揮して、後の世まで語り継がれた面々だ。南町の根岸肥前守鎮衛や前の北町奉行だった小田切《おだぎり》土佐守《とさのかみ》直年《なおとし》が該当するが、彼ら名奉行も全ての配下を心酔《しんすい》させ、意のままに動かすことができたわけではない。

町奉行所の与力と同心は制度の上では一代限りの抱席と定められているが、実際のところには世襲されていた。

親から子へ同じ御役目を代々務めることにより、御用を全うするために必要な知識と経験が受け継がれる。実子に恵まれず養子を迎えても同様で、個人の知識や経験に加え、協力を得る人脈も引き継がれ、南北のいずれも万全な体制ができあがった。

誰が奉行になったところで運営に支障を来《きた》さぬという自負もあり、与力は奉行の口出しを嫌う向きが強い。名奉行の誉れが高い根岸鎮衛でさえ咎人の裁きを巡って判断を異にし、無罪と目《もく》しながらも反対しきれずに、与力の意見が通って死罪に処された者が一人ならず存在したという。

「わしも最初は任せきりにしておったが、それではいかんと気が付いた。おぬしたちの邪魔をするつもりはないが、割り切って楽をしてばかりはいられまい。これより先は自ら捕物に出張ることも辞さぬ所存じゃ」

「よく言ってくださいやしたね、お奉行」

口許を綻ばせた十蔵に続いて、壮平も微笑んだ。

「お指図のほど、向後《こうご》もよしなにお願い申し上げまする」

「こちらこそ、よしなに頼むぞ」

老練の同心たちに認められた喜びに、正道もまた微笑んでいた。

四

正道との話を終えた二人は北町奉行所を後にして、八丁堀の役宅に戻った。

「あっ、旦那！」

八森家の前まで来るなり、お徳が待ちかねた様子で飛び出してきた。

「こんなに遅くまでご苦労だったな、ばさま。坊ずの様子はどうだい」

「もう起きられるようになりましたよう。ほら」

笑顔でお徳が振り向くと、五つばかりの男の子が顔を見せた。病み上がりとあって足は少々ふらついていたが、熱が下がったと見えて顔色は良い。気の強そうな顔立ちをした子であった。

「二人はお隣さんかい？」

「はい。長屋のみんなで運んだ荷物も、片づけが終わった頃でしょう」

隣の和田家の木戸門を潜ると、壮平の妻女の志津《しづ》が玄関まで迎えに出た。

その後ろに控えていたのは、勘六とおりん。

二人は和田家に身を寄せ、それぞれの役目に取り組む運びとなったのである。

勘六は小者として壮平に仕え、おりんは十蔵の口利きで絵師の仕事を手伝うのだ。

「北斎《ほくさい》にゃ昼間の内に話をつけといたぜ。通いで構わねぇって話だが初日の挨拶だけは足を運んどいてくんな」

「かたじけ《・》のうございます、旦那……」

涙ながらに礼を述べる、おりんの態度は以前と違ってしおらしい。

隣に膝を揃えた勘六も無言のまま、深々と頭を下げていた。

「これでもう、お前たちが衣食に事欠くことはあるめぇよ」

一家に告げる十蔵の表情は朗らか。

続いて発した言葉にも、恩着せがましい響きはなかった。

「さーて、衣食が足りたら礼節を知る、だな」

「どういうことだ、八森」

すかさず問い返す壮平の視線は険しく、玄関内の志津も困惑を隠せぬ様子。

世話をすると決めた一家に対し、何ら含むところのない壮平と志津である。晴れて出直させようとしている矢先に水を差すとは、伝法なれども情に厚い十蔵らしからぬことであった。

「おいおい壮さん、妙な勘繰りをするもんじゃねぇよ」

十蔵は苦笑交じりにに壮平に告げた。

「俺が言いてぇのは、坊ずに学問をさせてやりてぇってことさね。どうせなら御家人の倅どもに引けを取らねぇ、頭のいい子にしてやろうじゃねぇか」

「左様であったか。相すまぬな」

十蔵の真意を悟って壮平は首肯《しゅこう》した。

玄関内では志津が得心した様子で微笑み、後ろに膝を揃えた勘六とおりんは、謝意を込めた眼差しで十蔵を見やる。

勘六の膝に座り、にこにこしている男の子の名は左右吉《そうきち》という。

父親は御徒町の悪御家人の石田和真、あるいは青山真吾のいずれか一人。

勘六はそれを承知の上で、我が子として慈しみ育ててきた。

しかし、子どもは可愛がるばかりでは成長しない。

町人として育てるからには武芸は無用だが、読み書き算盤は必須の教養。

願わくば、和算まで身に付けさせたい。

学問は泰平の世では武芸に増して値打ちのある、世間を渡るための力だ。

なまじの武士が及ばぬ域に達すれば、いずれ出生の秘密を知る時が来ても恥じずに生きていけるし、そうさせてやらねばなるまい——。

「したが八森、まだ左右吉は五つだぞ。手習いの塾に入門を許されるのは、来年からのことではないか」

「それがな壮さん、ちびっ子から前髪立ちまで引っ張りだこの先生が、こないだから小栗鼠のとこに居候してんだよ」

「田山の許に？　まことか」

「坊ずを連れて、ちょいと覗きに行ってみねぇかい」

雷太が御役目替えと同時に拝領した組屋敷は北町奉行所勤めの同心の常で、百坪を下回っていた。間取りそのものは南町の同心向けの住まいと同じだが、比べれば少々手狭な感が否めない。

その田山家の組屋敷に今日も十人余りの子どもが集まって机に向かい、熱心に筆を走らせていた。

「できたよ、せんせい！」

「おいらが先だぞっ」

「はいはい、すぐ参りますからね」

競い合って答えを出した二人に応じる声は、穏やかながらも張りがある。

相手を子どもと軽んじず、それでいて甘やかしてもいない。

若様に身柄を引き取られ、南町奉行所の同心向けの組屋敷で共に暮らしている新太と太郎吉、おみよの三兄妹も、それぞれ神妙な顔で問題に取り組んでいた。

付き添いのお陽も一緒であった。

子どもたちと机を並べ、真剣に筆を執っている。

「先生、お答え合わせを」

「もう解けましたか」

笑顔で歩み寄る塾頭は、女人にしては背が高い。

木綿の筒袖に女用の袴を穿いた、堅実な装いであった。

それでいて顔立ちは華があり、深川の小町娘であるお陽と向き合っても、見劣りがしない。

名は百香《ももか》。今年で十九。

小柄で固太りの田山雷太とは似ても似つかぬ、雷太の従妹《いとこ》だ。

「おう、ご免よ」

「はーい」

野太い訪いの声に応じて、さっと百香が腰を上げた。

十蔵は連れの一同を表に待たせ、先触れとして玄関に立っていた。

「お前さんとは初めてだったな。俺は、田山の上役の……」

「もしや、あの時の目鏡《めがね》屋さんではございませぬか？」

「えっ」

「ほら、こちらでございますよ」

そう言うなり百香が取り出したのは、折り畳み式の眼鏡。

「私が落として損ねたところに通りかかられ、無料でこちらに替えてくだすったではございませぬか」

「ああ……お前さん、あん時の」

「その節はまことにお世話になりました。おかげさまで、今もよう見えまする」

拡げたのを目許に翳《かざ》し、百香は明るく笑って見せた。

当時は「目鏡」もしくは「目鑑」と表記された眼鏡は、学者と職人のための視力の矯正具。高価なために買い直すのも容易ではなかったが、交換して再利用することも行われ、度数や造りの好みの合わないものが他の持ち主にもたらされ、喜ばれることも多々あった。

十蔵が流しの眼鏡屋に扮したのは、探索御用のための七変化。

その折の小さな親切が、巡り巡って還ってきたらしい。

「あの、よろしければお代の不足をお納め願えませぬか」

「お前さんの目鏡は高価な水晶製だったんでな、割れちまっても十分に元が取れたんだよ。気にしねぇでこれからも使ってくんな」

「それでは私の気が済みませぬ」

「だったら新しい弟子子の束脩《そくしゅう》と月謝を、ちょいとまけてくんねぇか」

「はい、喜んで！」

渡りに船で十蔵が持ちかけた話を、百香は二つ返事で請け合った。

夜も更けた頃、壮平は八森家の木戸門を潜った。

「よぉ、壮さん」

「やはり起きておったか」

「どうにも眠れなくってなぁ。お前さんも一杯どうだい」

「お奉行から頂戴せしラム酒、まだ残っておったのか？」

「今日の帰りに、新しいのを寄越しなすったんだよ」

「左様であったのか。まるで気付かなんだぞ」

「お前さんに見られたら遠慮して、返されちまうと思いなすったらしいぜ」

「痛み入ることだな」

「ともあれ座んなよ、壮さん」

二人は縁側に並んで座り、舶来の蒸留酒を酌み交わした。

「どえらい大物が出てきなすったなぁ」

「まことだな。されど手をこまねいてはいられぬぞ」

「もちろんさね」

「何とする気だ、八森」

「俺たちは町方だ。切った張ったも必要となりゃ辞さねぇが、悪《わる》は御縄にして裁きにかけるまでよ」

「したが、相手が大物すぎるぞ」

「ご当人をとっ捕まえるのは無理だろうが、手先の奴らは何とかしようぜ」

「そうやって、敵方の力を削いでいくより他にあるまいな」

「手間のかかるこったが、仕方あるめぇ」

「我らのできることをするまでぞ、八森」

「合点だ、壮さん。悪の大元の始末は上つ方にお任せしようや」

宵闇の中、笑みを交わすと二人は酒杯を取った。

猪口《ちょこ》を満たした酒は無色透明。

五臓六腑《ごぞうろっぷ》にずしりと染み渡る、強さが身上《しんじょう》の酒であった。

「ところで遠山の若様だけどよ、放っておいたら危ねぇんじゃねぇのかい？」

「おぬしも左様に思うたか」

「同じ若様でも、南町のと違って無鉄砲なお人だからなぁ……」

「されば明日、手すきの折に張り付いてみようぞ」

「そうだな。彫師のことも一段落したこったしな」

「となれば、今宵は深酒を慎むといたそう」

「待ちなよ。もう一杯ぐれぇいいだろ」

「その一杯が酔いを深《ふこ》うするのだ」

「ちっ、仕方ねぇなぁ」

「さ、おつもりにいたそうぞ」

五

月明けを目前に控え、千代田の御城中は慌ただしい。

本丸御殿の玄関に繋がる表には幕府の行事に用いられる広間と登城した大名たちの控えの間に加え、役人の執務する用部屋や詰所が幾つも設けられている。

御城詰めの諸役人が日頃の御役目に加えて励んでいたのは、部屋の清掃と整理整頓であった。

「隅々まで手を抜くでない！　栄《は》えある将軍家御直参の我らが東夷《あずまえびす》と軽んじられる

は末代までの恥と心得い！」

檄を飛ばす上役の旗本は、武家の正式な礼装でもある裃姿。

書類を片付け、文机《ふづくえ》を脇に寄せ、箒《ほうき》と雑巾《ぞうきん》を手にして掃除に勤しむ下役の御家人の装いは羽織袴。裃《かみしも》の着用を許された者も肩衣《かたぎぬ》と半袴が不揃いの継 裃《つぎがみしも》がほとんどで、下に着けているのは無地の帷子《かたびら》。

腰の周りが網目の模様に染められた熨斗目《のしめ》の着物は、将軍に拝謁《はいえつ》を許された御目見《おめみえ》でなければ着ることを許されない。裃にも増して旗本と御家人の立場の違いを明らかにする装 束《しょうぞく》であった。

この慌ただしさの 源《みなもと》は、御城に迎える朝廷の勅使《ちょくし》だ。

江戸へ下った帝の使者は月明け早々の長月一日、当代の将軍である徳川家斉と本丸御殿表の白書院《しろしょいん》で対面する運びとなっていた。

京の都から差し向けられたのは、前《さき》の大納言《だいなごん》である広橋伊光《ひろはしこれみつ》に六 条 有庸《ろくじょうありつね》という二人の公卿《くぎょう》。

上皇の使者である院使《いんし》として、前の中納言《ちゅうなごん》の平松時章《ひらまつときあき》も同行している。

恒例のこととはいえ、これほどの顔ぶれを迎えて落ち度は許されない。

御対面の儀を皮切りに、三公卿が臨席する行事の日程は目白押し。接待役を務める高家《こうけ》のお歴々《れきれき》はもとより、将軍の側近くに仕える小姓と小納戸も勅使と院使に粗相のなきよう、緊張を強いられていた。

登用されて間もない新参者は、尚のこと気が抜けない。

新任の小納戸で今年の文月三日に家督を継いたばかりの小田切鍋五郎《なべごろう》も、日々緊張を募らせている一人であった。

本来ならば、何も不安を抱くには及ぶまい。

小納戸が働く場所は、将軍の執務と生活の場である中奥だ。

小姓は常に将軍の側近くに控える立場のため、勅使とは自ずと顔を合わせることになるだろう。

しかし小納戸は髪を結う御髪番《おぐしばん》、給仕を受け持つ御膳番《ごぜんばん》など、起床から就寝に至る日々の営みの手伝いを役職ごとに担うのみ。鍋五郎に至っては未だ見習いで、将軍と間近で接することさえ稀だった。

詰所は中奥の二階に設けられ、表の廊下沿いの用部屋に詰める諸役人の如く、登城した勅使の一行に通りすがりに覗かれる恐れもない。

それでも鍋五郎の緊張は募るばかりだ。

上役の小納戸頭取は、いつもと変わらず泰然《たいぜん》自若《じじゃく》である。

「おぬしたち、何も構えるには及ばぬぞ」

「お言葉にございまするが播磨守様、御勅使筆頭の広橋卿は……」

「ははは、二昔《ふたむかし》近くも前の恨みを引きずる小者に、御勅使の大任が務まるはずがあるまいよ」

鍋五郎ら緊張を隠せずにいる新参者たちを呼び集め、笑顔で説き聞かせる余裕さえ持ち合わせていた。


御側御用取次の詰所に案内も乞《こ》わずに近付く者は居ない。

それを幸いに小納戸頭取の中野清茂は足を運び、盟友の二人と語り合っていた。

「新参の者どもの何と愛《う》いことよ。まだ日数があると申すに震えあがっておるわ」

「さもあろうぞ播磨守。我らも若年の頃は同じであっただろう」

懐かし気に笑みを浮かべたのは、林忠英。

「あの頃の青二才ぶり、我がことながら笑えるわ」

豪放な笑みを清茂に返したのは、水野忠成。

同じ釜の飯を食って久しい三人は幕府と朝廷の関係が長きに亘り、良好と言い難い状況だったことを知っていた。

発端となった尊号一件《そんごういっけん》の当事者は光格《こうかく》天皇。御年十の御即位から三十二年目を迎えられた帝の御生家は、数ある宮家の中でも歴史の新しい閑院宮《かんいんのみや》家だ。

帝は実の父親である典仁《すけひと》親王の地位が低く、殿中《でんちゅう》で常に下座に列させざるを得ないことに御心を痛め、太上《だいじょう》天皇の称号を贈りたいと幕府に申し入れた。御年十九の年のことである。

　時の幕府では御三卿の一橋徳川家から将軍家へ養子に入った家斉が、十一代将軍の座に着いて未だ三年目の十七歳。親政を行うにはまだ若く、同じ御三卿の田安《たやす》徳川家の出で陸奥白河十一万石の久松《ひさまつ》松平家へ養子に出された松平越中守定信が老中首座と将軍補佐を兼任し、天下の御政道を預かっていた。

　定信も当時三十二の若さだったが、祖父で稀代の名君と謳《うた》われた八代吉宗公譲りの手腕を振るって幕政改革を断行。家斉の養父に当たる先代将軍の家治の下で前の老中の田沼主殿頭意次が横行させた汚職を是《ぜ》とする風潮を一掃し、清廉潔白《せいれんけっぱく》にして上下の分をわきまえた、儒教の教えに基づく政《まつりごと》を推し進めていた。

　意次の時代は賄賂で出世が叶ったが定信は金では動かず、権威にも屈しない。

　しかし朝廷にまで従わぬとは、誰も思ってはいなかった。

　定信にしてみれば、当然の判断であった。

帝が典仁親王に贈ることを望んだ太上天皇とは、皇位から退いた天皇の称号。一度も皇位に着いたことのない親王には不相応であり、上下の分をわきまえぬ話であると断じたのだ。

折しも幕府では家斉が実の父親で一橋徳川家の当主だった徳川治済《はるさだ》に大御所の称号を贈ろうとして、定信に反対をされていた。

大御所とは前の将軍のみに許された称号である。

定信の従兄に当たる治済は、もちろん将軍職に就いたことなど有りはしない。家斉はそれを承知で、実の父親の格を上げたいと願ったのだ。

定信にとっては家斉は、将軍であると同時に従弟の子。年の離れた甥のようなものだったが、帝の申し入れを拒絶しながら家斉の望みだけ叶えるわけにはいかない。分をわきまえていないのは、こちらも同じであった。

二つ違いの帝と将軍は図らずも同じことを望み、同じ相手によって阻《はば》まれた。

御年十九から始まった帝の申し入れを定信は拒み通し、この一件で幕府との交渉にあたった中山愛親《なかやまなるちか》らの公卿を不埒《ふらち》であるとして処罰。こたびの勅使である広橋伊光も愛親と同役の議奏《ぎそう》だったため、謹慎の刑に処されている。

事が始まって五年後の寛政六年（一七九四）文月六日に典仁親王は死去。帝は激怒したが、定信は前の年に解任された後だった。将軍父子の怒りを買い、わずか六年で一大名の立場に戻されたのだ。

その後の幕府は松平伊豆守信明を始めとする、定信の教えを受けた若手の老中たちによって支えられてきた。

「そろそろ小知恵伊豆の時代も終わりとなろう」

清茂は確信を込めて二人に告げた。

「その時は身共《みども》が出番だな」

すかさず忠成が意気込みを示した。

「身共も遅れは取るまいぞ。必ずや大名に成り上がってやる故、今に見ておれ」

負けじと忠英も気炎を吐いた。

「その意気ぞ、各々方《おのおのがた》」

年来の友である二人を前にして、清茂は品よく微笑んでいた。

六

徳川の世を代表する絵師の一人に数えられる葛飾《かつしか》北斎は、生涯に亘って百回近くも転居を重ねたことでも有名である。掃除や部屋の手入れを一切することなく筆を執り続け、描き損じの山に埋まりきるのを潮時《しおどき》としてのことだった。

おりんが訪ねた時も例に漏れず、借家の中は乱雑を極めていた。

今日も北斎は一心不乱に筆を振るい、声をかけることも戸惑われるたたずまい。

遠慮を一切しないのは日々の作業を共にする、葛飾応為《おうい》こと三女のお栄《えい》。

「おい鉄蔵《てつぞう》、別嬪のお客さんが目に入らねぇのかい？」

五十過ぎの父親を本名で呼び捨てにするなり、絵の具で汚れたままの足を伸ばして背中を突く。

「何だ顎女《あごめ》、手を休めるなって言っただろが」

「その手を補うためにお前が頼んだお人がご到来なんだよ。八森の旦那のお声がかりを無下にする気かえ」

「てめぇこそ横着《おうちゃく》してねぇで、そいつを先に言えってんだ……！」

ぶつくさ言いながら向き直った北斎は、まじまじとおりんに見入った。

「その節は父がご無礼をいたしました。今さらながらでござんすが、代わりにお詫び申し上げます」

「そんなこたぁ構わねぇが、俺なんぞの仕事に関わってもいいのかい？」

「疾《と》うに勘当《かんどう》された身です。お気遣いには及びません」

はきはきと答えるおりんは、折り目正しくも吹っ切れていた。

北斎に限らず、絵師の仕事の手伝いは個人の名前が残らない。実の娘にして父親の画才を受け継いだお栄でさえ、自作の絵はほとんど世に出ていないのだ。

それを承知でおりんが十蔵の勧めに応じたのは、妄執《もうしゅう》を捨てたが故のこと。過去に追われ、先を憂えて荒れるより、今を真摯に生きたいと願うが故だった。

七

「石田、居るか」

和真の私室に真吾が駆け込んだのは、夕方近くのことだった。

「おぬし、左様に息せき切って何としたのだ」

「おぬしの想い人を見つけたぞ」

「お、おりんの居所が分かったのか⁉」

「驚くでないぞ。北斎の許に出入りをしておった」

「まことか」

「つまりは絵師の仕事を続けておるということだ。しかも我らが知らぬ間に、子まで産んでおったぞ」

「子どもだと？」

「八丁堀の組屋敷に子連れで住み込んでおるようだ」

「おぬし、後をつけたのか」

「役人だらけとあって深追いはできなんだが、表で遊んでおったのをおりんが連れて屋敷に戻った。間違いのう、あれは親子ぞ」

「して、その子は幾つなのだ」

「五つといったところだろう」

「……されば、年の回りは合っておるな」

「おぬし、己が種と思うのか」

「もとより孕《はら》んでおれば引き取る所存であったのだ」

驚く真吾に向かって告げる、和真の顔は真剣。

「されば石田、今こそ播磨守様のご所望《しょもう》に添うとしようぞ」

「心得た。おぬしも抜かるでないぞ」

「任せておけ」

真吾は金四郎の立ち回り先まで、抜かりなく調べを付けていた。

おりんを見かけたのは、腰を落ち着けたのを確かめた直後のことだったという。

「おお、折よく出て参ったな」

「自棄酒か……いつもの我が身を見ておるようだ」

自嘲《じちょう》交じりにつぶやく和真の視線の先を、金四郎はよろめき歩いていた。

真吾の話によると永木河岸の三津五郎の家に戻ったものの、追い返された末のことだという。

金四郎は永代橋の東詰を通り抜け、土手を上流へ向かっていく。

折よく日も沈みつつある。

人を襲うには都合の良い、逢魔《おうま》が時《とき》だ。

しかし清茂の依頼を果たす上では、人に見られることが必要だ。

「あれは堅気の隠居だな」

「そのようだ。ひとつ役に立ってもらうとしようぞ」

俳人風の装いをした二人連れが金四郎の後ろを歩いているのを確かめ、二人は土手道を一気にかけた。

「おぬし、遠山金四郎だな」

追いつきざまに呼び止める和真の声は、鋭い殺気を孕んでいた。

「誰でぇ」

金四郎は振り向きながら体を捌いた。

前触れなしに見舞われた抜き打ちに後れを取らず、ぎらつく刃を向き直りざまに大脇差で受け止める。

酔ってはいても侮れないが、有利なのは和真である。

後詰めに真吾も控えていれば、万が一にも後れは取るまい。

「抜きおったな」

嬉々《きき》として告げた和真は、続けざまに刀を振るった。

棒縞《ぼうじま》の着流しを裂かれ、金四郎の左肩が露わになる。

吹き抜ける川風の冷たさに、たちまち肌が粟立った。

「自慢の桜吹雪も形無しだな」

うそぶく和真も単衣の前をはだけ、梵字の彫物を剝き出しにしている。

息が切れてきた隙を逃さず、ずいと和真は間合いを詰める。

眼前に、しゃっと分銅《ふんどう》が飛んできた。

「そこまでだ」

重々しい声で告げたのは、通りすがりの隠居の一人。

袖なし羽織に軽衫《かるさん》を穿いた装いに似合わぬ万力鎖《まんりきぐさり》を、慣れた手付きで振り回す。

いま一人の隠居は寸鉄《すんてつ》を一閃《いっせん》させ、真吾を失神させていた。

「飛び道具の出番はなかったなぁ、壮さん」

「それでよいのだ。好んで使う代物ではない故な」

「全くだ」

十蔵は苦笑いしながら、万力鎖の分銅で打ち倒した和真を肩に担ぎ上げる。

壮平は倒れ伏した真吾をそのままに、金四郎に歩み寄った。

「悪いことは申しませぬ。お屋敷にお戻りなされ」

「…………」

「お父上は程なくお戻りなのでござろう。胸の内の諸々《もろもろ》を、余さず打ち明けてみるがよろしゅうござるぞ」

「……そんな、子どもじゃあるめぇに」

「人は生きておる内が華にござる。まして親御は格別と心得なされよ」

戸惑う金四郎に告げ置いて、壮平は真吾を担ぎ起こした。

「年寄りにゃ堪える重さだねぇ、壮さん」

「これも御役目ぞ。辛抱いたせ」

ぼやき合いながらも歩みを止めず、男たちは去っていく。

金四郎は立ち上がり、去りゆく背中を黙って見送る。

吹きすさぶ風に晒される中、剝き出しになった肌の粟立ちは収まっていた。

彫物が冴えるか否《いな》かは、背負った者の生気次第。

悩める若者の肌身には見紛《みまご》うことなく、力が漲《みなぎ》りつつあった。

闇《やみ》に潜《ひそ》むもの

一

石田和真と青山真吾は目を覚ました時、板張りの床の上に転がされていた。

部屋全体が絶えず揺れながら、前へ前へと進んでいる。

ここは船の中なのだ。

中に部屋が付いた船。これは屋根船に違いない。

酷く気分が悪かった。妙なことだった。

和真も真吾も船には日頃から乗り慣れている。遊び歩くのに欠かせぬ猪牙《ちょき》は辻駕籠より安くて速い移動の足だ。

速いだけに揺れも大きい猪牙に慣れていれば、屋根船で酔いはしないはず。

不自然な体勢のまま、床に転がされていたせいだろうか。

上体を起こそうとしたものの、どうしたことか動けない。

気付けば両の腕を腰の後ろに回され、がっちりと固定されていた。

「若造ども、気が付いたかい」

頭上から呼びかける声が聞こえる。響きの大きい胴間声《どうまごえ》だ。

何とか顔を上げて見ると、顔も体つきも厳めしい老爺《ろうや》がにやにやしていた。永代橋の近くで和真を叩きのめして失神させた、身なりだけ楽隠居らしく装っていた男だ。

「おのれ、じじい！」

「何を嵌めおった、うぬっ」

怒号を上げた和真の傍らで、真吾が喚《わめ》く。

怒りよりも驚きと不安が勝《まさ》った声だった。

「早手錠《はやてじょう》だよ。覚えておきねぇ」

男は涼しい顔で二人に告げた。

「両方の親指を繋がれちまっただけで、力が入らなくなっちまうんだよ。起き上がることもできねぇだろう。無理無体《むりむたい》に手ごめにされる女の気持ちが、ちっとは分かったんじゃやねぇのかい？」

「うぬっ……」

和真と真吾は悔し気に歯噛みする。

気を失っている間に乗せられたのは、ただの屋根船とは違った。

よく見れば、転がされていた板敷きは洗い場。

元は湯船だったらしいが、浴槽は空のままである。

焚き口では火を熾していないと見えて、煙が漂っていなかった。

「こいつぁ北の御番所の持ち船だよ」

男が頃や良しとばかりに二人に明かした。

「御番所……だと？」

町奉行所の正式な名称である。呉服橋御門内の北町奉行所が北の御番所、数寄屋橋御門内の南町奉行所が南の御番所だ。

「うぬらは町方だったのか……」

和真は信じ難い様子でつぶやいた。

いま一人の、真吾を失神させた男も同役なのだろう。

漕ぎ手に廻っているらしく、船の中には姿が見当たらない。

「さーて、そろそろ交代しようかね」

男はひとりごちながら船尾に向かっていく。

「待たぬか、木っ端《こっぱ》役人」

和真は男を呼び止めた。

「町方のうぬらに我らを裁く権限はあるまい。速《すみ》やかに解き放たば、これまでの無礼は水に流してやろう」

華のお江戸の司法と行政を司るのが町奉行所だが、市中で悪事を犯した者をことごとく召し捕り、裁くことが可能なわけではない。

武士で御縄にできるのは浪人のみで、旗本はもとより御家人も対象外。大名の江戸屋敷詰めの藩士にも、十手を向けるのは御法度《ごはっと》だ。

和真と真吾も部屋住みとはいえ、歴《れっき》とした御家人だ。しかも次の番代で新たな当主となることが確実な身を、町人を相手にするのが専《もっぱ》らの木っ端役人に拘束される謂《いわ》れはないのだ。

「早《はよ》うせい、じじいっ」

「やかましい、若造ども!」

凄む真吾をものともせず、男は胴間声で一喝《いっかつ》した。

「お前らが行く先は呉服橋でも数寄屋橋でもありゃしねぇ。御目付の屋敷さね」

「目付だと？」

「お前らは腐っても御家人だからなぁ。裁きを付けてもらうためにゃ御目付衆の手を煩《わずら》わせるより他にあるめぇよ」

「ま、待て」

和真は慌てた声を上げたが、もはや返事は聞こえない。

漕ぎ手を交代した細身の男も無言のまま。何とか起き上がろうとして二人がもがく様を見張っているばかり。

ようやく早手錠が外されたのは船から降ろされ、御目付の詰所を兼ねた屋敷に連行された後のことであった。

二

十蔵と壮平は玄関脇の板の間に並んで座り、御目付の返事を待っていた。取り調べへの立ち会いを所望したことに対する答えである。

「情けは人の為ならずたぁ、よく言ったもんだな」

「まことだな」

出涸《でが》らしの茶を啜りつつ、二人は微笑み合っている。

金四郎が襲われる現場に出くわしたのは予想外にして、喜ばしいことであった。

傷心に浸っていたところに刃を向けられた金四郎には気の毒ながら、おりんを凌《りょう》辱《じょく》した和真と真吾を別件で罪に問い、懲らしめることが叶ったのは重畳。町奉行所では手出しのできない御家人も、その行状を監察し、人事の考査に関する探索を受け持つ御目付ならば厳しく取り調べ、腹を切らせることさえ可能である。

死罪に処されるまでには至らなかったとしても、刑に服して弱ったところを待ち受けて釘を刺し、二度とおりんに近付かぬように思い知らせてやればいい——。

部屋に足音が近づいてきた。玄関番の侍だ。

「お一人のみ奥に通られい」

十蔵と壮平のいずれかのみ、立ち合いを許すということらしい。

「しかと見届けてくれよ、八森」

「壮さんこそ、皆によろしく伝えてくんな」

壮平は十蔵に後を託し、御目付の詰所を兼ねた屋敷を後にした。

「こいつぁどういうことですかい、御目付様っ」

十蔵が声を荒らげたのは、取り調べ用の一室に通されて早々のことであった。

和真と真吾に向き合う形で、金四郎が座らされている。

十蔵と壮平を待機させている間に連行し、裏から屋敷内に入れたのであろう。

御目付の配下である御徒目付が両の脇に座し、動きを封じている。もとより金四郎の大脇差は見当たらず、抵抗する余地はない。

「遠山の若様はすれ違いざまに抜き打ちされたのを受け止めただけだって申し上げたはずだ！　取り調べにゃ及ばねぇだろが！」

「黙りおれ、町方の木っ端役人が。喧嘩両成敗は天下の御定法ぞ」

怒りに任せた十蔵の叫びを意に介さず、御目付が言った。

まだ還暦前と見受けられる、ごま塩頭の痩せぎすだ。

「手前から斬り付けたわけでもねぇのに、何が両成敗でぇ」

「抜き合わせたのに違いはあるまい。無頼気取りの一本差しであろうとも、士分の者が腰にいたさば立派な差料。みだりに抜くのは度し難いというものじゃ」

「くっ……」

「分をわきまえ、大人しゅうしておれ」

御目付は十蔵に釘を刺すと、傍らの若者に視線を向けた。

「よく参ったな、遠山金四郎」

冷ややかに呼びかけながら膝立ちとなり、座らされたままでいた金四郎と向き合う。

汗と埃《ほこり》に汚れた着流しの左襟に、躊躇うことなく手を掛ける。

ぐいと片肌《かたはだ》脱ぎにさせ、桜吹雪を露わにさせた御目付はご満悦《まんえつ》。

「毒々しい限りよの。この親不孝者め。恥を知れ」

対する金四郎は毅然《きぜん》と見返したのみ。

拳を固めることもせず、薄笑いを浮かべた御目付と視線を合わせる。

気が短く喧嘩っ早い、平素の振る舞いとは別人のようであった。

御目付は無言で腰を上げた。

「吟味《ぎんみ》を始める。持ち場に着けい」

下知《げち》する口調は尊大ながら、十蔵を黙らせた時と違って精彩《せいさい》がない。

先程までの勝ち誇った笑みも失せ、貧相な顔を苛立たし気に引き攣らせていた。

「やるじゃねぇか、金四郎さん……」

十蔵は怒りも忘れてつぶやいていた。

金四郎は勝ったのだ。

鼻持ちならぬ御目付と相対し、無言で圧して退けたのだ。

貫禄勝ちと言うべきだろう。

粗削《あらけず》りながら紛うことなき大器《たいき》の片鱗《へんりん》を、十蔵は目の前の若者に見出していた。

三

加害者と被害者の双方を揃えての取り調べは、難航を極めた。

「御上にも慈悲はあるのだぞ。罪はできるだけ軽うしてつかわす故、おぬしらが抜刀に及びし訳を、はきと話してみるがいい」

「…………」

「口が乾いて話し辛いか？　湯茶が所望ならば遠慮いたすには及ばぬぞ。ん？」

「…………」

御目付が甘言を弄しても、和真と真吾は一向に乗ってこない。

並んで座らされたまま共に口を閉ざし、黙秘に徹するばかりだった。

沈黙を貫いたのは金四郎も同じである。

「左衛門尉殿が月明けの三日早々に板橋宿《いたばししじゆく》入りとの知らせ、おぬしの屋敷にも届いておるだろう。大役を果たして戻りし江戸で不肖《ふしよう》の倅が罪に問われ、事もあろうに同役の身共が屋敷の仮牢の中と知るに及んだ左衛門尉殿はどれほど驚き、嘆き悲しまれることかのう」

「…………」

「聞こえておるのか、うぬっ」

声を荒らげられても、金四郎は眉一つ動かさない。

それにしても、扱いの差が露骨であった。

三人の若者は刃を交えはしたものの、誰も刀傷など負ってはいなかった。

抜き打ちを受け止めた金四郎はもとより、仕掛けた和真と真吾も凡百《ぼんぴゃく》の域を超えた技量を備えていたが故である。

とはいえ勝負が長引けば、無事では済まなかったはずである。

無頼を気取り、喧嘩沙汰の場数を踏んできたのは同じでも、金四郎は他の二人より腕が立つ。下地となった武芸の力量も上を行っており、故に尋常な立ち合いでは倒せまいと、真吾に危惧されてもいた。

十蔵と壮平が割って入るのが遅れていれば、和真と真吾は返り討ち。金四郎も深手を負うのを避けられず、命にかかわっていたかもしれない。

金四郎をダシに景晋を失脚させたい御目付衆にしてみれば、死人に口なしで動機を捏造《ねつぞう》できる三人の共倒れが一番望ましい結末だったことだろう。

すんでのところで間に合って幸いだったたと、十蔵は思わずにいられない。

しかし、御目付衆は何としても景晋の出世を阻みたいらしい。

本来の御役目の身上に反する所業である。

それでも、やり抜かずにはいられぬのだ。

「いつまでだんまりを決め込みおるか、この穀潰《ごくつぶ》しども！」

御目付は甘言を弄する余裕を失っていた。

金四郎の実の父親である景晋に対する妬心《としん》が、それほどまでに強いのだ。

十名を定員とする御目付の中でも、景晋は抜きん出た存在であった。

景晋は朝鮮通信使《ちょうせんつうしんし》の饗応《きょうおう》役の一員に選ばれ、大任を無事に果たした。

江戸に戻った暁《あかつき》には長崎奉行に、いずれ町奉行にも抜擢《ばってき》されるに相違ないと将来を嘱望《しょくぼう》される逸材《いつざい》だ。

同役の面々から嫉妬《しっと》を買ったであろうことは、想像するに難くない。

旗本と御家人の人事に関与する御目付は、公明正大であるのが基本。

さもしい欲に囚われるなど有ってはならない話だが、神に非ざる身で感情を抑えることは難しい。取って代われぬならば失脚させて出世の芽を摘み、憂《う》さを晴らさんとするのが人の性だ。

しかし、景晋は有能な上に勤厳実直。

出し抜こうにも、隙がない。

そこで若さに任せて無頼の暮らしに身を投じた、実の息子に目を付けたのだ。

景晋を除く九人の御目付衆はかねてより、金四郎を罪に問う機を窺っていた。

金四郎は屋敷を飛び出しただけでは飽き足らず、大身《たいしん》旗本の子息にあるまじき彫物まで入れた親不孝者。

口実を得て罪に問えば必ずや、景晋の出世は打ち止めとなるに違いない——。

根深い妬心は、留まるところを知らない様子。

「……仕方あるめぇ」

十蔵はひとりごちると前に出た。

「ちょいとよろしいですかい、御目付様」

「何じゃ」

御目付は血走った双眸《そうぼう》を十蔵に向けた。

「俺の存じ寄りに、若造どもの口を割らせるのに適任の野郎が居りやす」

「まことか」

「お前さんに一杯喰わせても仕方がねぇでござんしょう？　とっとと埒を明けてくださらねぇと、こっちも帰るに帰れませんのでねぇ」

半信半疑で問い返した御目付に、十蔵はにやりと笑いかけた。

「して、その存じ寄りとは何者じゃ」

「ちょいとお耳を拝借しやすぜ」

十蔵は続けて問われ、声を潜めて答えを告げる。

そのとたん、御目付は愕然とした面持ちになった。

「おぬしはまことに、あの御仁《ごじん》と交誼《こうぎ》を結んでおるのか？」

「驚かれるほどのこっちゃありやせんよ。俺の師匠だった源内のじじいを通じて知り合った連中に交じっていなすっただけのこってさ」

「されば夜も遅うに前触れもなく、お呼び立てしてもまことに構わぬのだな？」

「ご遠慮なさるにゃ及びやせん。古巣の若いのが御目付筋のご厄介になってるって耳にしたら、止められたってすっ飛んでくるに違いありやせんよ」

慎重に念を押してくる御目付に、十蔵は破顔一笑《はがんいっしょう》して見せた。

四

迎えに出た御徒目付の戻りは遅かった。

十蔵は御目付と共に取り調べの間《ま》を離れ、玄関まで出迎えた。

連れて来られたのは還暦過ぎと見受けられる、白髪頭の二本差し。

「ちょいと古巣に立ち寄って話を聞いてきたもんで、申し訳ありや……いや、申し訳ござらぬ」

日頃の癖が出たらしい。

士分らしからぬ伝法な話し方は廻方の同心に限らず旗本や御家人も好み、とりわけ微禄《びろく》の御家人はくだけた物言いをする者が多かった。もちろん公の場では武士らしく折り目正しく振る舞うのが習いである。

「これはこれは大田《おおた》殿、よくぞお越しくだされましたな。図らずもお目にかかる機を得ましたこと、幸いの至りと存じまする」

老いても伝法な客人を、御目付は下にも置かぬ態《てい》で迎え入れた。武士の習いをわきまえぬ振る舞いに気分を害したかと思いきや、まるで気にしていなかった。

「痛み入り申す」

対する客人は、言葉少なに返したのみ。

その視線は御目付を通り越し、後ろに控えた十蔵に向けられていた。

「しばらくぶりじゃねぇかい、十蔵さん」

遅参を詫びた時にも増して伝法に、懐かしそうに告げてくる。

「御用繁多だろうによく来てくれたなぁ、直《なお》さん」

「当たり前さね。古巣の若え連中《わけ》がお前と和田殿にとんだ迷惑をかけちまったと聞かされちゃ、放っておけるはずがねぇやな」

男は伝法に語りながらも、身なりまで着崩してはいなかった。

羽織袴に大小の二刀を帯び、本多《ほんだ》に結った髷は半ば白い。

面長で目元に少々険《けん》があり、鼻は高め。顎が出っ張り気味の受け口で、えらもしっかり張っているが、十蔵ほど厳めしい印象は与えられない。

この男、大田直次郎《なおじろう》の雅号は南畝《なんぽ》。

華のお江戸で知らぬ者はいないであろう、人気者の狂歌師《きょうかし》だ。

直次郎と十蔵は平賀源内を通じて知遇《ちぐう》を得た、四十年来の仲である。

御徒を代々務める御家人の家に生まれた直次郎は、元服前から学問のみならず文芸にも秀でていた。まずは漢学の素養を活かした狂詩で名を上げて、二十歳を過ぎると狂歌に専念。同好の士と鎬《しのぎ》を削った。

狂歌が空前の流行となった天明年間は、田沼主殿頭意次が老中として権勢を極めた時代でもある。

ところが天明も末に至るや、意次は失脚。絶大な権勢にあやかっていた大名や旗本は立場を失い、彼らの支援を受けていた狂歌師たちも罪に問われることを恐れて筆を断った。

直次郎も一度は断筆したが、意次に代わって権勢を手にした老中首座の松平越中守定信が有能な幕臣を発掘すべく始めさせた学問吟味に首席で及第《きゆうだい》。勘定方の御役目に就いて立場が安定すると筆を執り始め、新たな雅号の蜀山人《しよくさんじん》で再び世に知られる存在となっていたのである。

十蔵が亡き源内を介して交誼を結び、未だ付き合いがあるのは司馬江漢と大田南畝こと直次郎のみ。杉田玄白は別格であった。

直次郎は御目付に先導され、取り調べの場に向かった。

十蔵は直次郎の後に続いて廊下を渡りながら、事の経緯を手短に伝えた。

「どうにかなりそうかい、直さん？」

「まずはあいつらの心を縛ってやがる、良くねぇもんを祓《はら》っちまおう」

「何だい、そいつぁ」

「詳しいこたぁ後で話すよ。ああ、そっちの部屋みてぇだな」

直次郎は部屋に入るなり、口を閉ざしたままでいる和真と真吾に歩み寄った。

「お前たち、しばらく見ねぇうちに大きくなったなぁ」

「お、大田先生」

「な、何故に斯様《かよう》なところに先生が……」

前触れなしに姿を見せた直次郎に、和真と真吾は息を呑む。

御徒町の組屋敷で生まれ育った身にとって大田南畝は、稀代の狂歌師である以前に近所の博学な先生という存在だった。

微禄の御家人は武芸や学問を修めようにも、名のある道場や私塾に通うことが金銭的に難しい。悪名高い本所割下水《わりげすい》ほどではないものの、御徒町界隈の御家人の家々も内証《ないしょう》が豊かであるとは言い難かった。

他ならぬ直次郎自身、諸学の師匠に納める謝礼の金子《きんす》を賄《まかな》うために、かなりの無理を重ねたものである。

その当時の苦労を忘れぬ直次郎は、近所の子どもに無料で学問を教えた。狂歌師として有名になったために付き合いが一気に広がり、吉原の遊女を身請けする艶福家《えんぷくか》ぶりを発揮しながらも初心を忘れることはなかった。

大田南畝の名が世に知られるようになっても子どもを相手には決して驕らず、寛政八年（一七九六）に勘定方の御役目を得て御徒町から離れるまで、一文の報酬も受け取らぬ指南を続けたのだ。

和真と真吾、そして配下に率いる部屋住みの面々も全員が、十代の頃に直次郎から学問の手ほどきを受けている。当時の記憶は未だ失せていなかった。

「古巣に寄って聞いてきたぜ。和の字も、真の字も、がきの頃のまんまで腕っ節だけ強くなったってな。ちったぁ学問にも身を入れといてほしかったぜ」

「お、お恥ずかしゅうございまする」

「あやつら、よくも先生に余計なことを……」

直截《ちょくせつ》な指摘に和真は恥じ、真吾は赤面する。微禄の御家人を武士と思わずに悪さを仕掛ける地回りを少年の頃から返り討ちにして腕を磨き、本所の沢井俊平《さわいしゅんぺい》と平田《ひらた》健作《けんさく》に次いで恐れられたとは思えぬ素振りだ。

共に真の一字を名に持つ二人は、屋敷が近所の幼馴染みで互いに最も親しくなった間柄。和真の母が肥立ちを悪くして産後早々に亡くなったため、真吾の母は代わりに乳を与えたばかりか、碌《ろく》に女中を雇えずに当主の妻が自ら家事を行わねば立ち行かぬ暮らしの中で、成長した後の身の回りの世話までも親身に焼いてくれたものだ。

母の命を縮めて生まれてきた次男を憎んだ父親も、後継ぎとして贔屓をされるのを当然として幼い弟をいたぶった兄も、和真にとっては憎むべき相手でしかない。

身内に限らず周囲の大人、とりわけ男は敵でしかなかった。

しかし、直次郎は別である。

故に何を言われても、自ずと殊勝な態度となる。

十蔵が予期したとおりの反応だった。

直次郎が勘定方に御役目替えとなるまで十蔵は頻繁《ひんぱん》に顔を合わせ、御徒町には遠慮をして足を運ばずにいたものの、しばしば酒を酌み交わしたものだった。そうした折に聞かされた話を思い出し、ならば説得を任せられると見込んだのである。

師弟のやり取りを前にして、御目付を始めとする面々は絶句している。

金四郎も信じ難い面持ちで、旧交を温め合う様を眺めているばかり。

十蔵の賭けは吉と出た。

後に残るは、直次郎の言う『良くねぇもん』の正体。

それが真吾と和真に二人がかりで金四郎を襲わせた、黒幕の手口に違いない——。

五

「時にお前たち、誰ぞにそそのかされちゃいねぇかい」

直次郎が話の向きを変えたのは、教え子たちの様子を見計らい、十分に打ち解けたと確信した上でのことだった。

「和の字は女、真の字は金か。よりにもよって俗なもんに、二人して憑かれちまったもんだな」

「先生?」

「な、何を仰せになられますので……?」

藪から棒に告げられて、和真と真吾は戸惑った。

「お前たちが入れ込んでるもののこったよ。来る日も来る日もお題目みてぇに唱えていたそうじゃねぇか」

指摘を受けた和真と真吾は、黙って俯《うつむ》く。身に覚えがあればこその態度だった。

「唱えるのが経文だったら功徳《くどく》になるかもしれねぇが、お前たちがしていたことは手に入らねぇもんを諦めきれねぇ気持ちをどんどん募らせて、終いにゃ口癖にまでしちまって、そいつを見抜いた悪に付け込まれただけなのだぜ」

「…………」

「…………」

和真と真吾は一言も返せない。

とはいえ、直次郎は二人を貶《けな》したいわけではなかった。

満たせぬ乾きを昇華できず、悪しき輩に付け込まれたのは確かに愚か。貶されても仕方があるまい。

しかし、真に唾棄《だき》すべきは二人の心の弱さを利用した者。

人でなしと言うより他になく、許すことのできない悪であった。

「一体どこの誰なんだい。お前たちの抱えてた泣き所を探り出し、操りやがった腐れ外道《げどう》は」

「先生……」

「言ってみな和の字。お前さんもな、真の字」

直次郎は教え子の二人をそっと促す。

近所の幼子が一堂に会し、蜂の巣をつついたが如き様相を呈した折にも決して声を荒らげることのなかった当時と変わらぬ、あくまで穏やかな声だった。

「こいつらをそそのかしやがったのは、中野播磨守でございやしたよ」

和真と真吾の口から明かされた相手の名前を、直次郎は御目付に向かって告げた。

それを耳にしたとたん、御目付はよろめいた。

「御目付様？」

「お気を確かになされませっ」

御徒目付たちが慌てて体を支え、気つけに水を含ませる。

息を吹き返した御目付は、思わぬ行動を取り始めた。

「焼き捨てる、のでございまするか？」

「言われたとおりにせい。一枚たりとも残すでないぞ」

取り調べに同席し、やり取りを漏らすことなく記録していた書役に、調書の焼却を命じたのだ。直次郎が口にしたのと同時に書き留めた、中野播磨守という名前だけに留まらず、記録したことの全てを焼き捨てて、今宵の取り調べ自体をなかったことにさせたのだ。

付き添っていた御徒目付も、全員が退出させられた。

どの者も厳しく念を押され、他言無用と厳命された上でのことだった。

御目付と共に残されたのは金四郎と和真、真吾、十蔵と直次郎の五人のみ。

「全ては身共が不明の至りにござった。遠山殿は申すに及ばず、石田と青山のご両人も無罪放免つかまつる故、早々にお引き取りくだされ」

「どういうこってす、御目付様」

十蔵は堪らずに食ってかかった。

それでも御目付の態度は変わらない。

「面目ない八森殿。ご無礼の段、謹んでお詫び申す」

詰め寄る十蔵を咎めもせず、心なしか白髪が増えた頭を下げる。

作法としては略式の立礼とはいえ旗本が御家人に、それも三十俵二人扶持の同心に取るべき態度ではなかった。

「俺ぁ何も謝ってほしいわけじゃねぇんだよ御目付さん。木っ端役人呼ばわりなんぞ好きなだけしてくれて構やしねぇ。そんなことより先のある若え奴らをそそのかした挙げ句に殺し合いまでさせようとしやがった外道をとっとと御用にして、しかるべき裁きってやつを受けさせてくれねぇか。なぁ、お前さんならできるんだろ」

「遺憾なれど、それはゆめゆめ叶わぬことにござる」

「何だって……？」

「あのお方にはどうあっても、我らが手を出すことはできぬのだ」

「ふざけるない！」

十蔵は御目付の胸ぐらを摑んだ。伝法なりに交えていた敬語は失せ、態度ばかりか口調まで無礼を極めていた。

「小納戸頭取が中奥詰めじゃ結構な顔だってことぐれぇ、御目見以下の俺でも承知の上だ。そうは言ってもお前さんと同じ旗本。役高だって大した違いはねぇだろが」

「左様な違いなど些事《さじ》にすぎぬ……ただの小納戸頭取であったのならば、疾うの昔に腹を切らせており申す」

「それがどうして播磨守が相手じゃ無理なんだい。大目付様ならできんのかい？」

「ご無理でござる」

「若年寄は」

「話になり申さぬ」

「ご老中は？」

「松平越中守様が未だ首座であられたならば、あるいは成し得たことでござろう……したが伊豆守様以下のお顔ぶれでは、手も足も出ますまい」

「だったら上様はどうなんでぇ」
　十蔵は我を忘れて言い放った。
「誰も手出しができねぇってのは、播磨守が上様の御側仕えで一の御気に入りだから
なんだろ？　それなら御引き立てしなすった上様の御目を覚まして、獅子身中《しししんちゅう》の虫
を退治《てえじ》してもらおうじゃねぇか」
「口を慎みな、十蔵さん」
　見かねて直次郎が止めに入った。
　それを押し退け、十蔵は御目付を睨み据えた。
　鋭くも熱く真摯な眼差しを、御目付は無言で受け止める。
　じっと十蔵を見返すと、嚙んで含めるように語りかけた。
「役儀の上で知り得たことは万事が口外法度。なれども貴公に料簡《りょうけん》していただくた
めに禁を破りて明かし申そう。上様は播磨守様を御身のみならず、将軍家にとって無
二の恩人と仰せにござる」
「将軍家の恩人だって……？」
「余が数多の子を授かりしは、ひとえに若かしり頃の播磨による格別の働きがあった
ればこそ。なれば播磨は臣下にして余が同胞《はらから》に等しき身、ゆめゆめ粗略に扱うことは

許さぬと」

御目付の告白を受け、直次郎がつぶやいた。

「ただの御気に入りなら、そこまで仰せにゃなるめぇよ。播磨守様を敵に回すことは徳川八万騎……実のところは半分にも満たねぇだろうが、万の軍勢相手に一戦交えるのと同じこったろうぜ」

「左様な次第にござれば八森殿、しかと料簡してくだされ」

「…………」

話を締めくくった御目付に、もはや十蔵は言い返せない。

崩れ落ちるようにして膝をつき、肩を落とすばかりであった。

六

十蔵が崩れ落ちる姿を、天井裏から見届けた者が居た。

(お利口な御目付様だこと。せいぜい長生きしてくださいな)

胸の内でつぶやくと、軽やかに身を躍らせる。

梁《はり》の上に飛び移ったのは、忍び装束を纏《まと》った若い女人。

ゆったりした仕立ての装束越しにも分かるほど、豊かな肉置きをしていた。

この女人が仕えるあるじは、中野播磨守清茂。

お忍びで江戸市中に出向く際の供を務める一方、あるじの耳目《じもく》となって探索を行うことを常としていた。

過日に南町奉行所の役宅へ忍び込んで根岸肥前守鎮衛を表へ誘い出し、遠山家では景善に脅しをかけて金四郎を屋敷から出させる役目を果たしたのも、この女人。

彼女は清茂がすることを常に間近で見聞きしている。

もとより事の是非を問う立場ではない。

あるじの意に従い、望みを果たすことは臣下の務め。

されど、愚かなあるじに好んで仕えはしない。

この女人には、あるじを選《え》り好みすることができるだけの力がある。

望んで清茂を主君と仰ぎ、女だてらに凡百の男が及ばぬ働きをしているのだ。

(南北の町奉行を、邪魔立てていたさば与力も亡き者として構わぬが、同心どもは構うに及ばず……か)

屋根の上に抜けながら胸の内でつぶやいたのは、清茂から念を押されたこと。

町奉行となる旗本はお飾りで差し支えなく、幾らでも替えが利く。

しかし現場で実務を担う役人、とりわけ同心を殺《あや》めてはならない。

町奉行所勤めの同心は抱席。

職制の上では一代限りだが、実際は世襲されている。

代を重ねることで培われた同心たちの知識と経験なくしては、華のお江戸を支える態勢は保ち難い。

とりわけ重要なのは事件を追い、解決するのが御役目の廻方。

その束ね役である隠密廻は、齢を重ねてこそ真価を発揮するという。

故に彼女は、八森十蔵の無礼な言葉を聞き咎めなかったのだ。

もとより清茂に報告するつもりはない。

たとえ直《じか》に耳にしたとしても、清茂は笑って聞き流すだろう。

江戸は将軍家の御膝元。

その治安を護るために、十蔵は欠かせぬ存在。

老いても冷めぬ、熱い血を滾《たぎ》らせているところも頼もしい。

願わくば、敵に回したくはない。

(八森十蔵……せいぜい達者に、しっかり働いておくれな)

夜風の吹き抜ける屋根に立ち、ふっと女人は微笑んだ。

よろめき歩く十蔵の姿が、屋根の上から見て取れる。

折しも直次郎が駆け寄って、肩を貸したところであった。

七

御目付の屋敷を出た直次郎は、十蔵を八丁堀の組屋敷まで送り届けることにした。

金四郎を辻駕籠に乗せ、和真と真吾も同様にさせた上でのことだ。

和真と真吾は歩いて帰ると言い張って聞かず、金四郎にも固辞《こじ》されたが強引に押し込んで、それぞれの行先に向かって走らせた。

三人分の駕籠代に加え、酒手まで支払ったのも直次郎である。

御役目替えで出世をしたとはいえ、御公儀から頂戴する俸禄だけでは酒手どころか一人分の駕籠代も賄えまい。

懐の余裕は齢を重ね、書くものに深みの増した大田南畝こと直次郎への注文が引きも切らぬが故の儲けである。

勘定方の御役目を優先しているため若い頃ほど多作ではなかったが、蜀山人の号で手がける狂歌に加え、随筆まで手がけていて版元の評価も高い。自ずと潤筆料《じゅんぴつりょう》も額が増え、直次郎は小遣いに不自由してはいなかった。

「十蔵さん、やっぱり駕籠に乗らねぇかい」

肩を支えて歩きながら、直次郎は十蔵に促した。

「かっちけねぇ直次郎さん。気持ちだけ頂戴しとくよ……」

「そうは言っても、背に腹は替えられねぇだろ？」

「俺たち町方は彫物を取り締まってるんだぜ。駕籠かきの世話にゃなれねぇよ……」

駕籠かきは火消や飛脚《ひきゃく》と同様、好んで彫物を入れる者が多かった。

その彫物を禁じた町奉行所の同心に対し、彼らが反感を抱くのは必然だ。

「大丈夫だよ。今のお前さんの態なら町方役人にゃ見えねぇぜ」

楽隠居風の身なりのままの十蔵を、直次郎は重ねて促す。

「だから気持ちだけで十分だよ、直次郎さん……」

同じ答えを繰り返しながらも、その声はか細い。清茂を止める手立てがないと知るに及んだことが、それほど身に堪えたのだ。

「仕方ねぇな。木戸が締まっちまう前に行き着くとしようかい」

直次郎は苦笑交じりにつぶやくと、十蔵を支える肩を入れ直した。

八

その寺は品川宿《しながわじゆく》に程近い、海沿いの地に在った。

檀家《だんか》も居ない荒れ寺だ。

寺男も置いてはおらず、住職は僧とは名ばかりの破戒僧《はかいそう》のみ。

その荒れ寺の本堂から、語り合う男たちの声が聞こえる。

「親分、全員揃いましたぜ」

「おう、ご苦労」

「親分は明日っから、流連《いっづけ》を決め込みなさるんでござんしたね」

「何でぇ、羨ましそうな顔をしやがって」

「そりゃしますよ。あっしだって男でございやすから」

「俺ぁ自ら引き込みまでやるんだぜ。そのぐれぇ大目に見ろい」

「お手数をおかけいたしやす」

「まぁいいやな」

「くれぐれもお気を付けくだせぇよ」

「心配するにゃ及ばねぇよ。俺が流連するのは毎度のことさね」

「そんだけ馴染みなすった店を燃やしちまおうとは、親分も思い切ったことを考えつきなすったもんですね」

「仕方あるめぇ。南の奉行に書かれちまった俺の旧悪を今になって暴かれて、御縄にされるわけにゃいかねぇやな」

「探りに来たのは、銚子屋《ちょうしや》のあるじだそうですね」

「南の奉行の指図じゃねぇかと俺は睨んでる。事によったら銚子屋も殺《や》っちまわねぇといけなくなるかもしれねぇ」

「そんときゃ一番槍をやらせてくだせぇ」

「へっ、家付き娘が狙いだな」

「お分かりになりやすかい？」

「そういう次第になった時は好きにしな。まずは新武蔵屋《しんむさしや》だ」

「お任せくだせぇ」

許し難い企みを語り合う声は、まだ止まない。

それは南町奉行所を束ねる根岸肥前守鎮衛のみならず、北町奉行の永田備後守正道も共に戦うべき因縁がある、悪しき賊の一味であった。

九

深川の佐賀町《さがちょう》は永代橋の東詰に位置する町である。

銚子屋はこの佐賀町で三代続いた干鰯問屋《ほしかどんや》だ。

当代のあるじの門左衛門《もんざえもん》は若旦那と呼ばれた頃には酒色遊興に現《うつつ》を抜かし、一度は勘当までされた身の上だ。親の金を湯水の如く散財した愚かさを思い知らせるために身柄を送られた銚子で干鰯作りの重労働に加え、鰯漁の船にも乗せられた甲斐あって三代目を継いだ後は商いに勤しむ一方、女房一筋で過ごしてきた。

亡き恋女房と生き写しの一人娘であるお陽《よう》は、深川の闊達な気風を体現した、可愛らしくも活発な小町娘だ。

この父娘が密かに南町奉行所に力を貸しているのは、番外同心の若様に首ったけであるが故のこと。恋い焦がれて止まないお陽のみならず門左衛門も婿にと望み、折を見て話をまとめる所存であった。

「おとっつあん、若様はいつお戻りになるのかな?」

「しっかりしな。待てば海路の日和あり、だよ」

不安を否めぬ愛娘に、今日も門左衛門は笑顔で告げる。
悠然としているようでいて、実のところは気が気ではない。
(早いとこ頼みますよ、若様……)
胸の内では朝夕の別なく、左様に願って止まずにいた。

御家人破戒僧《はかいそう》

一

一夜が明けて、今日から長月。

「行ってくるぜぇ、ばさま」

「徳ですよう」

いつもの文句を背に受けて、十蔵は木戸門を潜りゆく。

黄八丈に黒紋付を重ねて大小の二刀を帯び、懐には袱紗に包んだ紫房の十手。

常の出仕の装いに身を固め、十蔵は組屋敷の表の通りに出た。

面を隠した深編笠に降り注ぐ陽光は、まだ淡い。

時刻は朝六つ――秋も深まった今は午前六時――を過ぎた頃。

東の空がようやっと明るくなり、町境の木戸は開いたばかりだった。

同心は午前八時、与力は午前十時が出仕の刻限だ。

十蔵と壮平は若い定廻と臨時廻に範《はん》を示すため、日頃から同心部屋には先に入って待つことを常としているが、それにしても早すぎる。

常にも増して早い出仕は昨夜、壮平と別れ際に示し合わせたことであった。

一人しか立ち会うことを許されなかった御目付の取り調べの首尾《しゅび》を、十蔵が壮平に伝えなくてはならなかった。

しかし調べを取り仕切るのは御目付であり、余計な口を出せぬとなれば、いつまでかかるか定かではない。

結果として十蔵の進言により大田南畝こと直次郎が招聘《しょうへい》され、若い悪御家人たちの口を割らせるに至ったわけだが、黒幕と判明した中野播磨守清茂には御目付のみならず老中首座を始めとする幕閣のお歴々も手を出せず、他ならぬ将軍の家斉も罰することはあり得ないとの結論に達し、十蔵は大いに落胆《らくたん》させられた。

気を持ち直しはしたものの、壮平に良い知らせをもたらせぬのが口惜《くちお》しい。

ともあれ早朝の同心部屋が、人目を憚る案件を話すのに都合がよい場所であるのは確かなことだ。

二人きりで話をしたい場合、これまでは隣り合った組屋敷を行き来すれば事足りた十蔵と壮平だが、今や和田家では勘六とおりんに加えて、子どもまで暮らしている。この一家に関わる事件の始末とあれば尚のこと、耳に入るのを避けねばなるまい。

いつもより早く出仕するため、十蔵は廻り髪結いが来るのを待たずに髭を剃り、髪は顔を洗うついでに、濡れ手ぬぐいを絞ったもので拭くに留めた。朝餉もゆっくり味わう余裕はなく、炊き立ての飯に卵を割り入れて削り節を振りかけ、生醤油《きじょうゆ》を垂らして軽く掻き混ぜた一品だけで済ませた。

早朝の通りには与力はもとより、同心の姿も見当たらない。

呉服橋へ向かう十蔵と行き交うのは豆腐に納豆、剝《む》き身の浅蜊《あさり》といった朝餉のお菜の素材を天秤棒《てんびんぼう》で担ぎ、お得意先の家屋敷を廻る振り売りばかりだ。

慌ただしい出仕にもかかわらず、十蔵の足の運びは軽やかだった。

深い眠りが心身を回復させてくれたのだ。

何やら夢を見たような気もするが、もう忘れた。

されど、直次郎のおかげで八丁堀に帰り着いたのは忘れていない。

直次郎は十蔵を組屋敷に送り届けたのみならず、床《とこ》まで支度してくれたらしい。

今朝、十蔵は敷いた覚えのない布団の中で目を覚ました。

お徳が出てくる時間よりも更に早い、まだ夜が明ける前のことだった。

江漢は根を詰めた仕事を終えて以来、本宅に戻っている。

由蔵は奉公先の埼玉屋で寝起きをしなくてはならない立場上、間借りをしていても泊まったことは一度もなかった。

三人の誰でもない以上、直次郎しかあり得ない。

立ち去る前に着替えさせる時間の余裕はなかったらしく、黄八丈を着たままだったが皺になりやすい黒紋付だけは脱がせ、衣桁に掛けておいてくれていた。

八森の家付き娘だった愛妻と十年前に死に別れてから赤の他人に、これほどまでに世話を焼いてもらった覚えはない。

しかも世話を焼かせたのは江戸のみならず、その名を諸国に知られた狂歌師にして学問吟味に首席で及第した大田南畝こと直次郎。

如何に旧知の間柄とはいえ、頭が下がるばかりである。

「久闊《きゅうかつ》を叙《じょ》したその日に、甘えすぎんのにも程があるだろ……今度の非番にゃ角樽《つのだる》でも持って参じにゃなるめぇよ」

朝から強い風の中、十蔵はひとりごちる。

黒紋付の下に纏った黄八丈は袷。

今日からの衣替えに間に合わせるため、お徳に裏地を付けておいてもらった予備の一着だ。

廻方同心の仕事着である黄八丈を、十蔵は二着持っている。

婿入りをした当初は文字どおり黄色く染めた糸で織られた、老若男女の別なく好まれるものを着ていたが、齢を重ねた今は染めの渋い茶と黒にしか袖を通さない。

袷に仕立て直した単衣は茶色。

寝汗が染みた黒の単衣はお徳に渡し、洗い張りと仕立て直しを頼んでおいた。

炊事のみならず家事全般に堪能《たんのう》なお徳に任せておけば間違いなく、袷から綿入れに切り替わる九日の重陽までに仕上げておいてくれることだろう。

十蔵は黙々と朝の通りを進みゆく。

黒紋付の背中と両袖に染め抜いた紋所《もんどころ》は、二匹の守宮《やもり》が向き合う意匠《いしょう》。

この独特な家紋は八つの森という当て字に改める以前、名字そのものが『守宮』であった当時から用いられてきたものらしい。

婿入りした時に先代当主の軍兵衛《ぐんべえ》から明かされた話によると、八森家の先祖は都が奈良《なら》から移ってくる以前から洛外《らくがい》の地に住んでいた一族。

朝廷が大和《やまと》と称した日の本を統一する過程において、蝦夷《えみし》に熊襲《くまそ》といった各地の先住民を武力で制圧してきたことは、記紀神話《ききしんわ》にも示されている。

されど蟠踞《ばんきょ》と呼ばれた洛外の先住民は滅ぼされることなく朝廷に使役され、八森家の先祖の一族は探索に秀でた才を見込まれて守宮の姓を与えられ、御禁裏付《ごきんりづき》の御耳役《おみみやく》として長らく御用を務めたという。

遠い昔の、真偽の程が定かではない話である。

しかし八森家では代々の当主から当主へ、真実として語り伝えられてきた。幕府に提出した家系図でも子細が伏せられた、完全な口伝《くでん》であった。

この門外不出の伝承も、十蔵が死した後に受け継ぐ者は居ない。

平安の世から時を経て徳川家に仕え、神君家康公《しんくんいえやすこう》が幕府を開いた江戸で町奉行所の同心となるに至った八森家も先代の軍兵衛が亡くなり、十蔵を婿に迎えた家付き娘の七重《ななえ》が子を授かれぬまま十年前に落命したことにより、直系の血は絶えた。

武家も町家も婿を取るのは家名のみならず、直系の血を絶やさぬためである。

老いても壮健《そうけん》な十蔵が後添いを迎えて子をなせば家名そのものは存続し、表向きは一代限りの抱席とされながら実質上は世襲である、北町奉行所の同心としての立場も保たれることだろう。

しかし、当の十蔵にその気はなかった。

愛妻だった七重と死に別れて以来、女人と肌を重ねたことはない。

もとより後添いを迎える気など有りはせず、このまま独り齢を重ねて生涯を終える所存であった。

二

今日は朝から風が強かった。

横手を流れる日本橋川を吹き渡った風はさらに冷たく、強い。

十蔵の深編笠が風に煽られ、顎に結んだ紐が食い込む。

文化八年の長月一日は、西洋の暦では十月の十七日だ。

陽暦の九月一日はいわゆる二百十日で、野分《のわき》と呼ばれた台風が多いばかりか暑さも未だ厳しい頃だが、すでにその時期は過ぎている。

「おっと」

十蔵の後ろから、一本の手ぬぐいが飛んできた。

咄嗟《とっさ》に摑み取ると湿りを帯びている。

風に飛ばされた洗濯物――ではなかった。

「すみませんねぇ、旦那ぁ」

後方から呼びかける声と共に、下駄の鳴る音が聞こえてくる。

飛ばされた手ぬぐいを追ってきたのはまだ若い、肉置きの豊かな女人。

腰の張りも豊かな肢体に浴衣《ゆかた》を纏って扱《しごき》を締め、常着と思しき木綿の小袖を風除けに引っかけている。湯上がりの頭を覆った手ぬぐいを風に飛ばされ、洗い髪を露わにした様が寒々しくも艶《つや》っぽい。

「おや、旦那もお武家様なんですか？」

十蔵の前で立ち止まるや、女は驚いた声を上げた。十蔵が腰にしている大小の二刀に切れ長の目を向けていた。

造作の整った細面だが、厚みのある唇が艶を帯びている。美形でありながら嫌みのない、男好きのする顔立ちであった。

「近視《ちかめ》なもんで分からずに、気安くお声をかけちまって……とんだご無礼をいたしました」

「構やしねぇよ。お前さん、この界隈じゃ見ねぇ顔だな」

「はい。伝手《つて》を頼って、茅場町《かやばちょう》に住み替えたばかりでございます」

「それで何も知らずに朝湯に入《へえ》ったら刀掛けが置いてあるやら、小銀杏髷《こいちょうまげ》の助平《すけべい》どもがとぐろを巻いてるやらで、肝を冷やしたってとこかい」

「どうしてお分かりになったんですか」

「お前さんは腰のもんに気付くなり、旦那もお武家様、って言っただろ？　この界隈で今時分、それも湯屋の行き帰りに出っくわす二本差しとくりゃ町方の与力か同心と決まってらぁな。お前さんが来た方角から察するに、亀島町《かめじまちょう》だな」

「お察しのとおりでございます。町は小さいけど湯屋は構えが大きいからって、同じ置屋の姐《ねえ》さん方に勧められたんですよ」

「そうかい、お前さんは茅場町の芸者なのかい」

十蔵は合点がいった様子で頷いた。

茅場町は八丁堀の北辺を流れる日本橋川沿いの町人地で、芸者の置屋も数多い。

町方役人の組屋敷のみならず、陸奥白河十一万石の上屋敷を始めとする大名屋敷も連なる八丁堀の直中《ただなか》で花街として栄え、堅物の極みと言うべき白河藩主の松平越中守定信も黙認したのは、しかるべき理由あってのことだ。

河岸に面した一帯は表茅場町、通りを挟んで南側は裏茅場町と呼ばれており、この裏茅場町の薬師堂《やくしどう》は、毎月八日と十二日に開かれる縁日の植木市が屈指《くっし》の人気を誇る一方、山王祭《さんのうまつり》の御旅所《おたびしょ》に定められていた。

薬師如来《にょらい》が山王権現《ごんげん》の本地仏《ほんじぶつ》であるが故のことだが、茅場町薬師堂の本尊《ほんぞん》は平安の世の高僧として知られる恵心僧都《えしんそうず》こと源信《げんしん》の作。

しかも勧請《かんじょう》をして本尊に祀《まつ》ったのが神君家康公に能《よ》く仕え、僧籍に在りながら乱世を生き延びた戦国武将さながらの知略を有した天海僧正《てんかいそうじょう》となれば、風紀に厳しい定信といえども手を出せるはずがなかった。

「薬師様の御開帳は正月に皐月《さつき》と来て、長月が締めだ。今月の二十日も大いに賑わうこったろうぜ」

「それで稼ぎ時だからって、住み替えの話もすんなり通ったんです」

「姥桜《うばざくら》もお茶を挽《ひ》いてる暇が無《ね》えぐれぇだからなぁ。それにしちゃ、案内もしねぇで独りっきりで湯屋に行かせるたぁ、ちょいと不親切が過ぎるんじゃねぇのかい？」

「姐さん方は熱があるだの何だの言って付き合ってもらえませんで、亀島町への道順だけ教えてもらったんですよ」

「お前さんの容子《ようす》があんまり良いんで、意地悪をされちまったんだなぁ」

八丁堀と霊巖島《れいがんじま》の境を流れる亀島川に面した亀島町は、町奉行所の管理する捕物術の稽古場が在ることで知られる町だ。

この亀島町を始めとする八丁堀の湯屋には男湯ばかりか女湯にも、壁に作り付けの刀架《とうか》が設置されている。

　万事にお堅い定信が老中首座となる以前、混浴が禁じられていなかった当時の名残ではない。未だ女湯に入ることを公認され、誰憚ることなく出入りをしている町奉行所の与力と同心のための備えだ。

「旦那も町方のお役人様なのに、朝風呂にはお入りにならないんですか」

「年寄りが朝っぱらから磨き立てたってしょうがねぇだろう。それにひとっ風呂浴びたきゃ小さいながらも内風呂があるからな」

「それじゃ、亀島町に集まっていなさった旦那方は？」

「御用のためって名目で、弁天《べんてん》様を拝みにせっせと通う助平どもさね」

「まぁ」

「次からは古株の姐さん方にくっついて、昼日中《ひるひなか》に行くがよかろうぜ」

　町人の住まいは余程の大店《おおだな》でなければ内風呂が無く、夜明け早々から暖簾《のれん》を出している湯屋は仕事前に汗を流したい男衆で混み合うのが常だが、女たちは家事を終えて一息つける日中しか来られぬため、朝の女湯は空いている。

　そこで混雑を避けるという理由の下に町方与力と同心が女湯を利用することが公認され、八丁堀七不思議に数えられる『女湯の刀掛け』が生まれたのだ。

とりわけ与力は同心より出仕が遅いため、毎朝欠かさず入りに来る。女たちは裸を見られ、男たちは罪に問われかねない世間話を控えざるを得ず、大いに迷惑を被っている。八丁堀の一角で暮らす茅場町の芸者衆が、もとより知らぬはずがなかった。

「しっかりやんなよ、姐さん」

十蔵は半ば乾いた手ぬぐいを差し出しながら、深編笠越しに微笑んだ。

「新参の身は何かと苦労も多いだろうが、腐ってみても始まらねぇやな。そんなことより風邪ひかねぇように気をつけな」

「かたじけのう存じます」

女は淑《しと》やかな笑みを返し、手ぬぐいを受け取った。

そのまま足を止め、十蔵の黒紋付を興味深げに見つめている。

「旦那、珍しいご家紋ですねぇ」

しげしげと眺める女の襟足が、朝の光に煌《きら》めいた。白粉《おしろい》を必要としない若さに磨きをかけることを怠らず、湯屋で丹念に糠袋《ぬかぶくろ》を使ってきたのが分かる白さであった。

「ヤモリが対《つい》になってる紋所なんて、あたしゃ初めて拝見しましたよ」

「そうなのかい」

「何か由来がお有りなんですか」

「俺は婿養子でな、あいにくと子細までは与《あずか》り知らねぇんだ」

「そうですか。不躾《ぶしつけ》にお尋ねしちまってすみません」

「詫《わ》びを言うにゃ及ばねぇよ。さぁ、体を冷やさねぇうちに行くとしようぜ」

十蔵は女を促し、先に立って歩き出す。

黙然と歩みを進める十蔵に、女は黙って付いていく。

洗い髪を覆い直した手ぬぐいの下、前を行く広い背中に向けた両の目は鋭くも熱を帯びている。

御目付屋敷の天井裏に潜んでいた時と同じく御役目の域を超え、十蔵に一人の女として関心を抱いたが故の眼差しであった。

三

二人は茅場町の角に出た。

「それじゃ旦那、あたしはここで」

「おう」

十蔵は踵《きびす》を返さず、肩越しに言葉を返す。深編笠は被ったままだった。

「朝っぱらからご迷惑をおかけしました」

気を悪くした様子もなく、女は重ねて礼を述べた。

「いいってことよ。気にするない」

「旦那もお体に気を付けて、御役目にお励みなすってくださいましな」

「かっちけねぇ。お前さんも達者でやんなよ」

それだけ告げて十蔵は歩き出す。

見目良き女人を前にしながら、一度も深編笠を取ることはなかった。

女色を絶った身であるが故のことではない。

長年の捕物御用で磨き上げられた勘が、あの女は只者に非ずと十蔵に告げていた。

あれは探索を専らとする密偵だ。

八森家へ婿に入り、隠密廻の御用を手伝い始めたばかりの頃ならば、本物の芸者と思い込まされていただろう。

しかし、如何に巧みに装っても変えられないものがある。

人の感情は顔に出る。とりわけ目には細工《さいく》ができかねる。

若い頃に按摩《あんま》になりすました際、本物らしく装うために頭を丸めたのみならず両の目に魚の鱗《うろこ》を嵌めたことはあるが、命の危険が付き物の探索中に自ら視界を塞ぐのは命取り。その折も探っていた相手に斬りかかられ、危ういところを駆け付けた壮平に救われた。二度と試みたくないことだった。

青二才の目は口ほどに物を言う。

隠密廻同心が六十前では務まらない、と言われる理由の一つがそこにある。

あの女も変装そのものは完璧だった。

八丁堀七不思議『女湯の刀掛け』を知らない田舎芸者が引き抜かれ、華のお江戸の日本橋を間近に臨む、御薬師様の御膝元の茅場町の置屋へ住み替えたという筋立てはなかなか良い。

鄙《ひな》には稀な外見が筋立てに合っており、それらしく装う芝居も上手かった。芸者らしく振る舞いながらも初々《ういうい》しさを漂わせ、混浴と知らずに入った湯屋で恥ずかしい思いをしたことを、多くは語らずとも言外に匂わせていた。風除けの代わりに古びた結城《ゆうき》木綿の着物を用いるあたりも、小道具立てが効いている。

あれほどの上玉《じょうだま》を密偵とする抱え主は、よほどの大物に相違ない。

置屋の女将と芸者衆にも抜かりなく金を摑ませ、もしも十蔵が調べに来たら口裏を合わせるように、段取りも付けてあるに相違ない。北町の同心と承知で接触を図ってきたのであれば、素性を洗われることも予期しているはずだからだ。

だが、目の芝居はまだまだ甘い。

色仕掛けのつもりなのか、やけに熱を帯びた眼差しであった。

あれではただの素人娘。姿形は完璧なのに台無しだ。

たしかに目の芝居は難しい。十蔵も還暦を過ぎた後、ここ数年でようやっと自信が付いたことである。

時を同じくして隣家に婿入りし、三十年の長きに亘って共に年季を重ねてきた相方の壮平も恐らく同じであろう。

その壮平が今朝はひと足先に出仕して、北町の同心部屋で待っている。

これ以上、遅くなるわけにはいかない。

歩みを進めた十蔵は海賊橋を渡り、紅葉川を越えていく。

出た先は日本橋の南詰。

北詰の魚河岸と対になる形で設けられた青物《あおもの》市場が、いつもと変わらぬ賑わいを見せていた。

青物市場を横目に、高札場《こうさつば》の脇を通り抜けた先は呉服橋。

慣れて久しい通い路を、十蔵は潑溂《はつらつ》と進みゆく。

「御役目ご苦労にござる！」

深編笠を取り、御門の番士たちに挨拶する声は晴れやか。

昨夜の憂悶《ゆうもん》から完全に吹っ切れていた。

四

同心部屋では壮平が文机に向かい、黙々と算盤《そろばん》を弾《はじ》いていた。

実質的に廻方の長である隠密廻には、書き物などの雑用も多かった。

十蔵は学者あがりと言いながら、読み書きはさほど得手ではない。まして算盤勘定はお手上げで、経費の精算などは壮平が一手に引き受けてくれている。

「早かったな、壮さん」

計算が終わったのを見計らい、十蔵は敷居際から呼びかけた。

「八森か。昨夜は大儀であったな」

壮平は微笑みと共に十蔵の労をねぎらった。

「どれ、一服しながら話すといたすか」

腰を上げた壮平に続き、十蔵は同心部屋の片隅に移動した。

長火鉢が用意され、脇には煙草盆も置かれた、同心たちの休憩の場だ。

壮平はあらかじめ火鉢の炭火を熾し、十蔵を待ちながら湯を沸かしてくれていた。五徳《ごとく》の上で湯気を立てている鉄瓶を取り、まず急須《きゅうす》を温める。温めた湯を碗に注ぎ分け、茶葉を入れた急須に戻す。

茶葉が蒸れるのを待ちながら、壮平はさりげなく黒紋付の襟を正した。

染め抜かれた紋は、丸に三つ引《びき》。

十蔵の異色な家紋と違って目にする折も多い意匠は、古来からの坂東武者《ばんどうむしゃ》の一門で平家《へいけ》の東国《とうごく》支配に反旗を翻《ひるがえ》して源頼朝《みなもとのよりとも》の挙兵に合力《ごうりき》し、北条家《ほうじょうけ》と共に鎌倉幕府《かまくらばくふ》の樹立に貢献した和田家の紋所である。もとより関東の地に土着していた一門だけに、神君家康公が征夷大将軍《せいいたいしょうぐん》となる以前から徳川家に仕えた譜代の臣も多かった。

壮平は折り目正しく急須を捌き、二つの碗に茶を注いだ。

十蔵は壮平に目礼し、供された茶碗に手を伸ばした。

「あー、いつもながら壮さんの茶は美味《うめ》えや」

「痛み入る」

壮平も手を伸ばし、自ら淹れた一杯を品よく喫《きっ》する。

「して八森、昨夜の首尾はどうであった」

「金四郎さんは御咎めなしだ」

さりげなく話を切り出す壮平に、十蔵は気負わず答えた。

「それは重畳。されば、相手の御家人たちは何とした」

「あいつらも無罪放免されたよ。金四郎さんだけを御咎めなしにしちゃ、釣り合いが取れねぇからな」

答える十蔵の声に澱《よど》みはない。

「さもあろう。喧嘩両成敗の習いに照らさば、贔屓をいたすわけにも参らぬ故な」

「そういうこった」

「して、あやつらは白状するに及んだか」

「ああ。お誂え向きのお人に手を貸してもらったけどな」

「と、申すと？」

「御勘定方の大田直次郎だよ」

「まことか。近年は蜀山人と名乗っておられるようだが」

「俺とは源内のじじいを通じて知り合った古馴染みでな。御徒あがりなのは壮さんも知ってるだろ」

「うむ。御役目には身が入らざれども、同役の子どもらに学問を教えることには心血を注いでおられたと仄聞《そくぶん》しておる」

「一転して御役目に励んだ甲斐あって、今じゃ支配勘定様だぜ」

「越中守様のご心証を害しておらねば、更なる出世も望めたであろうにな」

「あんまり上に行かれると、付き合い難くなっちまう一方だけどな」

「その大田殿が御目付屋敷に罷《まか》り越され、石田と青山を説諭してくださったのか」

「どっちも可愛がられた教え子だったみてぇでな、すんなり口を割ったぜ」

「して、黒幕は」

「俺たちが見立てたとおりの野郎だよ」

「……中野播磨守、か」

「残念ながら播磨守を罪に問うことは、御目付にゃできねぇそうだ」

「左様か」

「大目付様に若年寄、ご老中でも無理だとよ」

「……御畏れながら上様の御威光を以てしても、難しきことであろうな」

憤懣《ふんまん》やるかたない面持ちの十蔵に、壮平はぼそりと告げた。

「知ってたのかい、壮さん？」

答えを先に言われて十蔵は驚いた。

「かねてより仄聞しておった上様の御寵愛ぶりから、左様な次第となるであろうことは察しておったのだ」

「そうだったのかい……」

　つぶやく十蔵は、落胆を隠せない。吹っ切れたつもりでいても、改めて表情を曇らせずにはいられなかった。

「気を落としては相ならぬぞ、八森」

「壮さん」

「播磨守には手を出せずとも、走狗《そうく》どもを迎え撃つことは我らにも成し得よう」

「もちろん後れを取る気はありゃしねぇぜ」

　壮平の励ましに、十蔵は持ち前の覇気《はき》を取り戻していた。

「それで良いのだ。我らが成し得ることを積み重ね、時を待つのだ」

　対する壮平も闘志は十分。

　十蔵と視線を合わせ、力強く告げていた。

「まだまだ老け込んじゃいられねぇなぁ、壮さん」

「そういうことだ、八森」

「よーし、お互《たげ》えに気を張っていくとしようかい」

「もとより承知だ」

「へへっ、やっぱり壮さんは頼もしいぜ」

「その言葉、おぬしにそのまま返そうぞ」

「それじゃ今日も一日、御用に励むとしようかね」

「左様だな。若い者たちも、そろそろ集まる頃であろう」

二人は同時に腰を上げ、各自の席にて待機する。

「八森様、お早うございまする！」

「お早うございまする、和田様っ」

同心たちが次々に顔を見せ、十蔵と壮平に挨拶をして席に着く。

北町奉行所の廻方は、定廻が四名に臨時廻が七名。

南町奉行所は定廻が同じく四名に、臨時廻が八名である。

制度の上では定廻と臨時廻は共に定員は六名だが、実情としては臨時廻が多い。定廻を経験していない若同心も、補佐に加わっているからだ。若同心といっても二十代の者ばかりではなく三十代、あるいは四十を過ぎた者も居る。

老若《ろうにゃく》を取り増せた面々に対し、十蔵と壮平は指導の手間を惜しまない。

後進の者を着実に育成しなければならない、切実な理由があるからだ。

北町奉行所では江戸開府の当初から、八森家と和田家の当主が隠密廻同心の御役目を務めてきた。

先代の補佐役を務めながら三十代から四十代で定廻を、四十代から五十代で臨時廻を経験し、六十を過ぎて本役に就く。

両家の当主は代々に亘って長命を保ち、七十を過ぎ、八十代を迎えても現役を全うした者たちが多かった。御用に勤しみながらも心身を鍛えることを怠らず、節制を心がけた賜物《たまもの》である。

それでも九十を過ぎれば記憶が曖昧《あいまい》となり、百ともなれば無理は利かない。齢十蔵と壮平も当年七十五にして南町奉行の重責を担い続ける根岸鎮衛を見習い、八十までは任に耐える所存である。

その先のために、後進を育成しておくことが必要なのだ。

二人が御役目を退けば、隠密廻の御役目は定廻から臨時廻を経て、六十を過ぎるに至った他の家々の同心たちが順繰りに担う形となるだろう。

もちろん、用をなさぬ者に後を任せるわけにはいかない。

「いいかお前ら、月番が明けたからって気を抜くんじゃやねぇぞ！」

「彫師囲い込みの件が落着《らくちやく》したと申せど油断は禁物ぞ。職にあぶれし彫師どもを取り込まんと企みおる輩は後を絶たぬと心得、抜かりのう取り締まりを続行せよ」

「ははっ！」

老練の二人の指示の下、北町の廻方一同は同心部屋から飛び出していく。

折からの強い風を苦にすることなく町々の自身番所を巡り、配下の岡っ引きを走らせる。自身も労を厭《いと》うことなく諸方《しょほう》へ出張り、先月の末に発せられた彫物禁止の町触を徹底させることに余念がなかった。

五

明くる二日になっても、風の勢いは衰えなかった。

昼を過ぎると更に強まり、雨こそ降らぬが表を歩くのも難儀だった。

これでは風雨を厭わぬ遊客《ゆうかく》も、出かけるのを見合わせざるを得ない。吉原に負けじと張り合う江戸四宿《ししゅく》の食売《めしうり》旅籠も、今日ばかりは閑古鳥《かんこどり》が鳴いていた。

品川、板橋、千住《せんじゅ》、内藤新宿《ないとうしんじゅく》は、日本橋を起点とする東海道《とうかいどう》と中仙道《なかせんどう》、奥州街道《おうしゅうかいどう》と甲州街道《こうしゅうかいどう》の第一宿だ。

江戸市中から最も近く、道中の起点あるいは終点として活用される宿場町であると同時に、本来は給仕役である飯盛女《めしもりおんな》が白粉を塗り、美々しく着飾って春を売る、色街としての側面も備えていた。

南品川本宿《ほんじゆく》に暖簾を掲げる新武蔵屋も、その手の旅籠の一つであった。

品川の宿場町は徒歩《かち》新宿、北品川、南品川と三つの区域に分かれており、新武蔵屋が在るのは南品川の本宿だ。

同じ宿場町ながら目黒川《めぐろがわ》を挟んだ北品川は上玉揃いと評判が高く、南品川は割りを食っている。

日が暮れても新武蔵屋には新規の客が一向に訪れず、常連の一人が例によって流連を決め込んでいるばかりだった。

こういう日には、あるじが詰める内証に迂闊に近付くものではない。

あるじに女将と、旅籠内を取り仕切る二人が顔を揃えている時は尚のことだ。

「どうしたもんかねぇ、お前さん。ただでさえ北の本宿にゃ負けっぱなしだってのに天気にまで祟《たた》られたんじゃ目も当てられないよ」

「まったくだな。もうじき海晏寺《かいあんじ》の紅葉も見ごろだってのに、こうも風当たりが強いんじゃ長くは保《も》つめぇ」

「もっと厳しいのはあたしらの商いの風当たりだろ。松平伊豆守様がご老中を続けていなさる限り、御取り締まりの手が緩むことはないだろうさ」

「だから物見遊山《ものみゆさん》の客を狙えって言ってんだよ」

「馬鹿だねぇ。精進落《しょうじん》としに繰り込む先は有名どころの大見世《おおみせ》って、昔っから相場は決まってるんだよ。うちは相模屋《さがみや》さんじゃないんだから」

売り上げの悪さを種に愚痴り合う、あるじと女将はいずれも六十絡《がら》み。共に白髪が目立つ年となっても、未だ因業《いんごう》な稼業から足を洗えずにいるらしい。

「土蔵相模《どぞう》たぁ大きく出たな。宿場一の板頭《いたがしら》を抱えてるとこが相手じゃ、うちなんぞが初手《しょて》から太刀打ちできるはずがねぇだろ」

品川宿で指折りの大見世の名を挙げられて、貧相なあるじが目を剝いた。ちなみに板頭とは吉原の太夫《たゆう》に相当する、筆頭遊女のことである。

「そこまで欲張るつもりはないさね。月々の払いを心配しなくていいくらいの稼ぎがありゃ御の字だよ……」

あるじの切り返しを、でっぷり太った女将は紫煙《しえん》と共に吹き払う。

板頭の部屋には箔《はく》づけのために銀の長煙管《ながぎせる》を始めとして、それなりに金のかかった調度品を備え付けさせているが、内証には真鍮《しんちゅう》の安煙管しか置いていない。

内証の設《しつら》え自体は三宝荒神《さんぽうこうじん》が祀られた神棚《かみだな》を含めて年季の入ったものだが、女衒《ぜげん》や直に娘を売りに来た親に払いを渋る必要上、景気がよさそうに見られることを努めて避けているのだ。

「おやおや、殊勝なことを言うじゃないか」

「そいつぁお前さんも同じだろ。昔は稼ぎの悪い妓《こ》には碌に飯も食わせずに、ふのりを啜らせて平気な顔をしてただろ」

「嫌なことを思い出すない。あの頃の俺は因業に過ぎたんだよ」

「勘定の水増しは当たり前で、枕探しの上前まで撥ねてたっけねぇ」

「お前も人のことは言えねぇぞ。客に出す台の物は、いつも食い残しを使い回させてたじゃねぇか」

「そのくらいのごまかしは、お前さんがやってた騙《かた》りに比べりゃ可愛いもんだよ」

「それを言うなよ。嫌ってほど痛い目を見させられてからは、一遍だってやっちゃいねぇだろうが」

「あの時は参ったねぇ。ごっそり三十両もやられちまって……」

「訴え出たらこっちの手が後ろに廻っちまうとこだったからな。煮ても焼いても食えねぇ糞坊主め」

「誰が糞じゃ。客に向かって無礼であろう」

荒らげていないにも拘わらず、押しの強い声だった。

苦々しげなあるじのつぶやきを聞き咎め、内証に入ってきたのは坊主頭の男。備え付けの浴衣ではなく、女物の長襦袢を引っかけている。

あるじ夫婦より年嵩《としかさ》で、六十の半ばと見受けられた。

だらしない格好をしてながらも人品卑《じんぴんいや》しからざる上に教養も感じさせる、傍目《はため》にはひとかどの人物と見受けられる男であった。

三日ほど剃らずにいる坊主頭は形が良く、目鼻立ちも整っている。

肌こそ年相応にくすんでいるが体つきは剽悍《ひょうかん》で、腹も出てはいなかった。

「どうしなすったね自然《じねん》さん、また般若湯《はんにゃとう》の催促かい」

あるじは開き直った様子で切り返した。

般若湯とは、本来は御法度の酒を僧侶が口にする際の隠語である。

「別に酒は欲しゅうない。おぬし、拙僧《せっそう》を何だと思うておるのだ?」

「誰も寄り付かねぇぼろ寺の名ばかりの住職で、うちの払いを溜め放題に溜めといて涼しい顔をしてなさる、ろくでなしってことは三十年前から分かってますよ」

「払いならば、大つごもりには綺麗にしておるだろう」

「遊びのお代をそこまで溜め込むろくでなしは、お江戸広しといえどもお前さんしか居ないでしょうよ」

「そんなことはありやせんよ旦那、東海道筋にも滅多に居ませんや」

いきり立つあるじに、伝法に話しかける声が聞こえてきた。

自然に続いて内証に入ってきたのは一升徳利《いっしょうどっくり》を両手に提げた、若い小男。

「いやいや、日の本一でござんしょう」

その後に続いたのは、青物の詰まった籠を抱えた中年男だ。

「どちらさんです、この人らは？」

見知らぬ男たちを前にして、女将が警戒した声で自然に問う。

小見世とあって奉公人の数は少ない上に年寄りばかりだが、いざとなれば声を張り上げて呼び集めるつもりだ。

「拙僧が呼んだのだ。長きに亘りて世話をかけた詫びのしるしに、せめてもの功徳をしようと思うてな」

「お礼ですって？」

「真打《しんうち》はこちらじゃ。入ってくれ」

戸惑った声を上げた女将をよそに、自然は肩越しに顎をしゃくる。

無言でのっそり入ってきたのは、猟師と思しき身なりの大男。

軽々と掲げて見せたのは、猪《いのしし》の片腿だった。

「今宵はどのみち客も来まい。商売繁盛を期しての景気づけに、牡丹鍋《ぼたんなべ》と洒落込んではどうかな」

「ご馳走になっちまってよろしいんですか?」

女将に恐る恐る念を押され、自然は穏やかな面持ちで頷いた。

「勘繰ることはない。詫びのしるしと申したではないか」

あるじが信じ難い様子で問いかけた。

「そんな殊勝なことを言いなさるたぁ、お前さんはほんとに自然さんなのかい」

「本物の拙僧でなくば詫びなどするものか。その昔、おぬしらから巻き上げし三十両には遠く及ぶまいが、存分に飲み食いするがいい」

それだけ告げると、自然は集めた男たちに目配せをした。

「女将さん、台所をお借りしますよ」

断りを入れた小男に続いて、中年男と大男も内証の続きの台所に入っていく。

「おや、こちらさんは吉原《なか》とは違って台の物が仕出しじゃねぇんだな」

「おかげで道具が揃っているのは幸いさね。早いとこ埒を明けようや」

慣れた様子で支度を始めた二人をよそに、大男は腿肉を捌き始めた。

まめまめしく働き始めた男たちを見ながら、自然はつぶやく。

「猪は毛が多いのが難儀なれば剃って参るように言うておいたが、口にした時に歯に少々挟まるくらいは大目に見てやってくれ」

「自然さん、牡丹を召し上がったことがありなさるんで？」

「さもあろう。俗世《ぞくせ》に在った折には、両国のももんじ屋に足繁く通うたものだ」

「それじゃご出家なさる前は、お江戸暮らしを……」

「生まれも育ちも本所割下水だ。華のお江戸とは名ばかりの、貧しき地であったよ」

その夜の自然は妙に饒舌《じょうぜつ》だった。

元は本所割下水の貧乏御家人というのは、あるじ夫婦も初めて知ったことである。

出家の身が来し方を自ら明かさぬのは当然と言えようが、自然の場合は生臭《なまぐさ》こそ口にしないものの平然と女を買い、憚ることなく酒を呑む破戒僧。

それでいて何をするにも堂々としており、何ら悪びれることがない。

今を去ること三十余年前に新武蔵屋に騙りを仕掛け、まんまと乗せられたあるじと仲間の小悪党一同から巻き上げた三十両を持参して遊び代に充てるという、恥知らずな真似までされたものである。

「時にあるじ、三十両の件で世話になった他の者たちは息災《そくさい》か？」

「ここ数年でほとんど墓の下に入っちまいましたよ。残っているのは、下足番をさせてる紋二《もんじ》ぐらいで」

「拙僧が拾うたと称した紙入れを奪うため、おぬしが落とし主を装わせた男だな」

「その紙入れの中身の百両が、まさか切り餅に見せかけた土瓦《かわらけ》とは思ってもみませんでしたよ」

「それを知らずにおぬしらは紙入れをまず寄越せ、礼金の三十両は切り餅を割って支払うと申し出たものだな」

「で、そうはさせじと自然さんは烈火《れっか》の如く怒りなすった」

「あの頃は拙僧も若かった故、下手な芝居であっただろう」

「とんでもねぇ、真に迫っておりましたよ。そうでなけりゃお前さんの言うとおりに切り餅は手付かずにしておいて、手持ちの金子で三十両も渡しはしやせん」

「拙僧が念のために取り交わさせた証文が、後になって効いたのう」

「あれさえなけりゃ韮山《にらやま》の御代官所に訴え出て、お前さんを御縄にしていただくとこでしたよ」

「そうなれば拙僧は万事休すであったな。韮山代官の江川《えがわ》は本所に江戸屋敷を構えておる故、俗世に在った頃に少々やり合《お》うたことがあってな……あやつならば寺社方に働きかけ、拙僧を還俗《げんぞく》させて御縄にすることも叶うたであろうよ」

「お前さんの悪たれぶりは、今に始まったことじゃないんですねぇ」

「それを申すでない。ほら、そろそろ支度が調うたぞ」

口を滑らせすぎたのか、自然はあるじ夫婦を台所へ行くように促した。

「ゆっくりやらせていただきますよ。牡丹は煮るほど柔らかくなるもんですからね」

機嫌よく応じたあるじに、自然はさりげなく告げた。

「左様であったな。されば紋二も呼んで、存分にやってくれ」

一方の女将は、かつてない気前の良さに恐縮しきり。

「あたしらだけご馳走になったんじゃ申し訳ないですよ。あちらのお三方にはご一緒していただかなくてもよろしいんですか？」

「拙僧の部屋にて精進物《しょうじんもの》を肴に呑ませて帰す故、大事ない。今宵は敵娼《あいかた》も要らぬぞ」

「重ね重ね珍しいですねぇ」

驚くばかりの女将に、自然は苦笑いをして見せた。

「連夜に亘りて励み過ぎた。年には勝てぬ」

「ははは、そういうことなら無理はなさらねぇでおくんなさい。今夜のお泊まりの分はお勘定から差し引いておきますから」

「かたじけない。されば心置きのう過ごさせてもらおうぞ」

あるじの気遣いに謝意を示し、自然は部屋に引き上げた。

新武蔵屋で火の手が上がったのは夜明け前だった。

折からの烈風に煽られた火は瞬く間に燃え広がり、南品川の五町が焼亡。

火元の新武蔵屋は跡形もなく焼け落ちたものの、流連をしていた常連客の破戒僧が体を張って抱えの飯盛女を担ぎ出し、全員が助け出された。

しかし内証を預かるあるじ夫婦は、懸命な助けも間に合わずに焼死。

奉公人はほぼ全員が辛《かろ》うじて逃げ延びたものの、紋二という下足番が煙に巻かれて倒れたまま息を引き取った状態で発見されたという。

一帯が鎮火した後に現場を検《あらた》めた韮山代官所によると、原因は失火。

あるじ夫婦が鍋を火鉢に掛けたまま酔い潰れ、着物に燃え移った末のこととの見解であった。

六

南北の町奉行は、それぞれ預かる奉行所で御用を務めるだけではない。

朝から千代田の御城に出仕して老中の諮問《しもん》を受け、昼過ぎに下城する。急ぎの御用があれば早めに奉行所へ戻っても差し支えないが、咎人に対する拷問《ごうもん》の許可など老中の決裁を受けなければならない件も多いため、日々の登城を疎かにするわけにはいかなかった。

数寄屋橋御門内の南町奉行所を預かる根岸肥前守鎮衛は、今朝も独り粛々《しゅくしゅく》と身支度を調えていた。

御目見以上の身分の証しの熨斗目の小袖を着け、角帯を締める。

小袖に重ねて纏うのは、半袴と一対で裃になる肩衣だ。張りを持たせるために中に仕込まれた鯨《くじら》の髭が歪《ゆが》まぬように気を付けながら両の肩を覆い、半袴を穿く。羽織と違って裾は外には出さず、袴の中に入れて紐を締める。

腰が決まったところで脇差を取り、帯前に差す。

御城中で穿くのは御白洲《おしらす》で着用するのと同じ正装の長袴だが、大手御門の前で駕籠を降りてから本丸御殿まで歩かねばならないため、供の中間《ちゅうげん》に挟《はさ》み箱に収めて玄関内の下部屋まで運び込ませ、殿中に入る前に穿き替えるのが常だった。

鎮衛は当年七十五になる今日も、着替えをするのに人手を借りることを好まない。

その身に背負った彫物を余人に見られることを避けるのが一番の理由だが、これは小旗本だった当時から、更に遡《さかのぼ》れば少年の頃からの習慣だ。手を借りるにしても奥方以外は私室に通さず、根岸家に仕える女中たちは一人として主君の体どころか、襦袢姿さえ目の当たりにしたことがなかった。

この妙な習慣を、女中たちは主君の出自に絡めて理解した。

今でこそ五百石取りの根岸家だが五十三年前、鎮衛が齢二十二で末期養子に入った時点の家禄は百五十俵。元はと言えば所領を持たぬ蔵米取りの、殿様とは名ばかりの立場であったのだ。

しかし、鎮衛は貧乏だったことを恥とは思っていない。

生家の安生《あんじょう》家も同じ百五十俵取りで、実の父の定洪《さだひろ》は根岸家の先代当主の衛規《もりのり》とは勘定方の同役という間柄。

もとより同格の家だけに、急に暮らし向きが貧しくなったわけではない。

養子入りと同時に桑原《くわはら》家から迎えた、奥方のたかも同じである。

一族の出世頭で西の丸書院番を振り出しに目付を経て長崎奉行に抜擢され、一時は鎮衛の上役の勘定奉行を務めた桑原盛員《もりかず》が有名だが、たかは分家の娘で贅沢《ぜいたく》とは無縁に育った身。同じ旗本ながら微禄の夫を軽んじず、女中を抱えることもままならない暮らしの中で家事に自ら勤しむことも厭わぬ良妻だった。

そんな夫婦の在り方は、齢を重ねた後も大きく変わっていない。

「殿様、めっきり冷え込んで参りましたね」

着替えが終わるのを待ち、たかは敷居を越えて夫の私室に入った。

床の間の刀掛けから黒鞘の差料を取り、お引きずりの袖に包んで捧げ持つ。

夫の外出と帰宅に際し、刀を預かるのは武家の妻女の役目である。たかにとっては鎮衛の許に嫁して五十年来、日々の結髪《けっぱつ》及び髭剃りと共に務めてきたことだ。

「重陽も目の前ぞ。お互いに風邪などひかぬように相努めねばのう」

糟糠《そうこう》の妻を気遣いながら先に立ち、鎮衛は廊下に出た。

役宅を後にして向かった先は、棟続きの奉行所と共用の表玄関だ。

玄関の式台には引き戸の付いた駕籠が横付けされ、根岸の家中から選ばれた子飼いの家臣――武家の制度上は陪臣《ばいしん》と呼ばれる――から成る内与力の一同が、主君である鎮衛を見送るために控えていた。

その装いは、正規の与力と同じ継裃《つぎがみしも》。

肩衣と半袴の色が異なる継裃は上下が統一された旗本用の裃よりも格が低いが、御家人の羽織袴に比べれば格上だ。

その御家人より格下の陪臣である内与力が継裃を着用できるのは、主君の町奉行が許可したが故のこと。武家奉公の若党が元は町人であっても仕えている間は袴を常着として大小の二刀を帯び、仮の姓まで名乗るのを許されたのと同じ理屈だ。

内与力は家臣であるが故、主君の町奉行を裏切ることはない。

しかし配下の与力と同心は数年で入れ替わるのが基本の町奉行に必ずしも忠実というわけではない。

南の名奉行と謳われた鎮衛でさえ咎人の吟味において与力に異を唱えられ、無実と判じた者を死罪に処す意見を押し通されたのも、一度や二度ではなかった。

これより先は、同じ過ちを繰り返すまい。

なればこそ内与力、そして密かに組織させた番外同心の手を借りることが必要だ。

「皆の者、大儀である」

鎮衛が内与力衆をねぎらいながら順繰りに、一人一人の顔を見るのは毎朝のこと。

威厳《いげん》を保ちながらも目に柔和な光を湛《たた》えていた、鎮衛の表情がふと硬くなった。

若いながらも格別の信頼を預けている、若い内与力の姿が見当たらないのだ。

「譲之助《じょうのすけ》は何としたのだ、田村《たむら》」

「申し訳ありませぬ殿。ちと表に出ておりますれば……」

鎮衛の指摘を受け、すかさず詫びた老年の内与力は田村又次郎《またじろう》。

北町奉行の永田備後守正道と共に江戸市中の行政と司法を担う鎮衛の許に日々寄せられる訴状の管理を受け持つ、目安方《めやすかた》の古株だ。

鎮衛は南町奉行の職に就いて今年で十三年になる。

これほど長きに亘って主君が町奉行を務めていれば、内与力の中には息子が御役に就く年となる者も自ずと出てくる。

又次郎の一人息子の譲之助は父の見習いとして目安方の雑務をこなす一方、鎮衛が密かに組織させた番外同心の後見役を任された、当年二十四の青年だ。根岸家の嫡《ちゃく》男《なん》でたかが四十を過ぎて産んだ杢之丞《もくのじょう》とは起倒流《きとうりゅう》の柔術を共に学ぶ兄弟弟子で、立場の違いを超えた友情を育んでいる。

もとより鎮衛も無闇に咎めるつもりはなかったが、父子揃って忠義者の譲之助が朝から奉行所を空け、登城の見送りにも顔を出さぬとは解せぬことだった。

「用向きあらば是非に及ばぬ。何ぞ大事が出来《しゅったい》したのか」

「しかとは存じませぬが、品川宿の火事の知らせを受けてのことにございまする」

「品川宿とな」

又次郎の言葉を耳にしたとたん、鎮衛の顔色が変わった。

齢七十五の身ながら鎮衛は頑健《がんけん》で、疝気《せんき》で時々腹痛に見舞われる他には体に故障を抱えていない。若い頃から定評のある声の張りは老いても変わらず、三奉行に御目付を交えた評定所での詮議に際して意見を通す上でも、大いに効力を発揮していた。

その鎮衛が色を失うとは、滅多にないことだ。

「殿っ」

「殿！」

居並ぶ内与力たちは動揺を隠せない。

「案ずるには及ばぬ……田村、存じおることを余さず申せ」

「ははっ、謹んで申し上げまする」

又次郎は深々と一礼するや、澱みのない口調で言上《ごんじょう》した。

「火の手が上がりしは夜明け前にて、すでに消し止められたとの由《よし》なれど宿場町の南五町が焼亡した由にございまする。それがしが愚息《ぐそく》は報を受けるなり現場を検めると言い置いて、一散に走り出たままにございまする」

「して、火元は」

「南品川本宿の新武蔵屋と、伝え聞いておりまする」

「左様か……」

鎮衛は口を閉ざした。

しばし息を調えた後、又次郎に向かって告げる。

「譲之助には品川宿に異変があらば急ぎ調べを付けることを、かねてより申し付けておいたのだ。戻りし上は咎めるに及ばぬ故、身共が帰り次第、奥へ参れと伝えよ」

「しかと承りましてございまする」

「されば皆、留守を頼むぞ」

又次郎を含めた内与力の一同に命じ、式台に立つ。

草履《ぞうり》取りの中間がすかさず引き戸を開いた。

駕籠に乗り込んだ鎮衛に、たかが袖に包んだ刀を差し出す。

受け取った刀を胸に、鎮衛は両の目を閉じる。

たかは無言で頭を下げて、登城の途に就く夫を送り出した。

七

正午を過ぎ、昼八つ（午後二時）も間近となった頃。

六尺豊かな若い男が、南町奉行所の前に現れた。

内与力見習いの田村譲之助だ。

装いは父の又次郎らが着ていた執務用の継裃ではなく、私服の羽織と袴。衣替えをしたばかりの袷は汗に塗《まみ》れ、袴にまで染み出ていた。

目立つ外見であった。

人並み外れた長身に加えて、目鼻の造りも大きい。

柔術の稽古で鍛え上げた手足は長い上に太く、逞《たくま》しい。

自ずと周囲に与える印象は猛々《たけだけ》しく、往来でたまたま行き交った子どもに泣かれるのもしばしばである。

その精悍な顔を強張《こわば》らせ、譲之助は役宅の奥へと続く廊下を渡りゆく。

鎮衛は定刻を待ちかねて下城に及び、奥の私室で今や遅しと譲之助の戻りを待っているとのことだった。

千代田の御城では月が明けた一日から、朝廷の勅使を饗応する行事が連日に亘って催されているという。故に常と違って早退を許されず、定刻まで御城中から出ることが叶わなかったのだ。

南北の町奉行は勅使と直に接するわけではないものの、将軍家御直参の旗本にして要職を務める身。致し方ない次第とはいえ、さぞ気を揉んだことだろう。

譲之助は急ぎ足で廊下を渡る。

目指してきた一室の前で足を止め、膝を揃えた。

部屋の障子は、ぴたりと閉じられている。

今年の長月三日は、西洋の暦では十月の十九日。秋の気配が深まると共に、朝夕は冷え込みを増すばかり。夏の盛りならばともかく、今の時期ならば部屋に風を通さずにいても不自然なこととは言えまい。

だが鎮衛が昼日中から障子を開けずにいるのは、別の理由があってのことだ。

その理由を知るのは譲之助を含め、一部の限られた者たちだけである。

「殿、遅うなりまして申し訳ございませぬ」

「譲之助か。入れ……」

障子越しの訪《おとな》いに、すぐさま答えを返された。

「ご免」

敷居際で一礼し、障子を開く。

鎮衛は座布団も用いずに、下城したままの裃姿で畳の上に座していた。

手にしていたのは、自ら筆を執った書き物の綴り。佐渡《さど》奉行を務めた天明の頃から三十年近く執筆してきた雑話集『耳嚢《みみぶくろ》』である。

文化八年現在で九巻に達している『耳嚢』は、後の世に知られた怪異譚《かいいたん》と都市伝説に留まらず、鎮衛が直に見聞きした、あるいは人づてに知った有名無名の人々の喜怒哀楽にまつわる実話が、巧みにして情のある文章によってまとめられている。

もとより鎮衛に上梓《じょうし》する気はなく、未だ版木に彫られるには至っていない。知人に所望された時のみ写本を貸し出すだけだったが、借りた者が新たに写本を作り、また書き写されて更に広まり、愛読する人々は増える一方。続きはいつ書き上がるのかと求める声が絶えない。

その『耳嚢』の原本を前にして、鎮衛は鬼気迫る表情を浮かべていた。

されど、譲之助は動揺しない。

集中する主君を前にして膝を揃え、真摯に見守るばかりである。

座ると同時に懐から矢立《やたて》を取り出し、帳面を広げていた。

「視《み》える、視えおる……」

「何が視えまするのか、殿」

「おぬしが戻る前に視えておったのは荒れ寺じゃ。本堂で坊主と男どもが語り合うていた……男の数は三人。いずれ劣らぬ悪相《あくそう》ぞ」

「されば、今は何が？」

「坊主が夜陰に乗じて戸を開き、三人の男を引き込みおった……これは食売旅籠だの……神棚に結界《けっかい》がある故、内証に相違ない……六十絡みの夫婦が眠りこけておる……酔うただけとは思えぬの……」

つぶやく声が、不意に途切れた。

譲之助は口を挟むことなく、主君の続く言葉を待った。

「……男どもが、火を放ちおったぞ」

「坊主は何をしておりまするか、殿」

「表に走り出でて声を張り上げ、急ぎ中に戻りおった……おなごを担いで出て参ったの……一人……二人……どのおなごも朦朧《もうろう》としておるな。叩き起こされただけにしては妙だのう……」

尚も続く主君の話に、譲之助は無言で耳を傾ける。

これまで口にされたことは、余さず帳面に書き留めていた。

鎮衛には紙背《しはい》に徹する眼力が宿っていることを、もとより譲之助は知っている。

文章を洞察し、書かれた以上の真意を見抜く、という意味ではない。

文字どおりに紙の裏から鎮衛の視界に浮かび上がるのは、かつて綴った実話に出てくる者たちの今の姿だ。

鎮衛が手にした『耳嚢』の綴りは二巻目。

凝視《ぎょうし》していたのは『品川にてかたり致せし出家の事』と題した事件の話だ。

鎮衛には幼い頃から、この世ならざるものを見て取る力があった。

子どもは魂がまだ現世に定着しきれず、自然に霊を視ることができるという。幼子の着物に背守《せまも》りを縫い付ける習慣も、大人以上にあの世へ連れて行かれやすいが故に必要とされたわけだが、多くの子どもは成長すると、この力を失ってしまう。

しかし、鎮衛は元服をする年を迎えても霊が視えた。

前髪を落とし、大小の二刀を帯びる身となった後も視え続けた。

むしろ力が増したのである。

成仏《じょうぶつ》しきれぬ浮遊霊《ふゆうれい》に留まらず、現世と行き来することを認められた、位の高い魂まで視認し得るに至ったのだ。

そして鎮衛は齢七十五にして、また新たな力に目覚めた。

背負った彫物の疼《うず》きを伴ってのことである。

自ら綴った『耳嚢』を通じ、かつて取り上げた悪人の今の姿を見出すことができるようになったのだ。

前非《ぜんぴ》を悔い改め、全うに生きている者たちは白い光の中に。

未だ悪行《あくぎょう》を重ねて止まずにいる輩は、澱んだ暗がりの中に。

いま目の当たりにしている破戒僧は、どぶ泥の如き澱みの中に浮かんでいる。

そこが極楽であるかの如く、嬉々として悪事に勤しんでいるのだ。

「……度し難い、と判ずるべきだの」

ひとりごちる鎮衛は、この心眼と言うべき異能《いのう》の力を長らく持て余してきた。

家中の人々に打ち明けたところで、まともに取り合ってもらえまい。

若い鎮衛は思い悩んだ余りに、無頼の暮らしに身を投じたことさえある。

根岸家に養子入りする以前に屋敷を飛び出し、旗本火消の屋敷に自身も旗本の子であることを隠して転がり込み、臥煙《がえん》と呼ばれる火消人足として無頼の暮らしを送ったものの幾ら現実から逃げたところで無意味と悟り、足を洗うに至ったのだ。

江戸市中の人々は、かねてより噂になっていた鎮衛の彫物を、当時の臥煙仲間たちと揃いで彫ったものに違いないと見なしている。

その一方、今や激しい非難を買う理由にもなっていた。

南の名奉行が無頼の暮らしを送っていた自体は問題視をされていない。市中の民にしてみれば、むしろ親しみが持てる話であった。

ところが鎮衛は自身が彫物をしているはずでありながら、禁止の町触を発した。

これを裏切りと言わずして何とするかと火消に飛脚、駕籠かきといった彫物を誇りとする生業の男たちを激昂《げっこう》させ、彼らを日頃から男伊達《おとこだて》と支持していた市中の人々の反感まで買ってしまった。

こたびの町触が老中首座の松平伊豆守信明の発案にして、彫物を禁じた真の目的が仮にも将軍家御直参でありながら無頼の暮らしを送る、旗本と御家人を取り締まる上での方便とは誰も気付いていない。

信明は若手の老中だった当時に教えを受けた、松平越中守定信に劣らぬ堅物だ。無頼の旗本御家人を取り締まるのに彫物を槍玉《やりだま》に挙げたのも、親から授かった体を傷つけることを儒教の教えに則《そく》して悪と見なす、信明にしてみれば当然であった。

当初は老中が将軍の認可の下で発する御触で攻めるつもりであったが、堅物嫌いの家斉から承認を得ることは難しい。

そこで名奉行の誉れも高い鎮衛の評判にあやかって町触を発することにしたものの鎮衛の彫物が噂となり、慌てた信明は真偽を問い質したものの頑《かたく》なに口を閉ざされて埒が明かず、やむなく北町奉行の名義で町触を発させたのだ。

しかし鎮衛の名前を伏せても、非難の矛先《ほこさき》は変わらなかった。

北町奉行の永田備後守正道は、去る卯月に着任したての新参者。

しかも上つ方の咎めを巧みに逃れて賄賂を取ることを喜びとし、守銭奴の汚名を意に介さずにいた男だ。

南町奉行として年季を重ねた鎮衛の知恵を借りなければ、まず四人もの彫師を捕らえて手鎖の刑に処し、見せしめとした上で発した町触によって、彫物をした者の雇用や入居を制限するという、真綿《まわた》で首を締めるが如き攻め手は考えつくまい——。

鎮衛は無言で腰を上げ、手にした綴りを床の間の違い棚に戻した。

「……譲之助」

「ははっ」

立ったまま向き直った鎮衛に応じる譲之助の態度は、いつもながら折り目正しい。

武骨《ぶこつ》にして謹厳《きんげん》な面持ちを眺めやり、鎮衛は続けて問いかけた。

「番外の衆が戻るには、いましばらくかかるであろうな」

「左様に存じまする」

主君の焦りを感じ取り、譲之助の額に汗が滲む。

鎮衛が背負う彫物の由来を追い求め、若様と沢井俊平、平田健作の三人が九州へ旅立ったのは、去る葉月の末のこと。

船を併用しての旅とはいえ、わずか数日で埒が明くはずもない。

斯様な大事が出来すると分かっていれば、旅立たせはしなかった。

鎮衛の異能の力を強め、齢を重ねた今になって更なる異能に目覚めさせた彫物の謎を解きたいと申し出た、若様らの熱意はあり難い。

だが彼らは鎮衛にとって、切り札と言うべき陰の力。

南品川宿で付け火に及び、失火と見せかけて旧知のあるじ夫婦を死に至らしめた破戒僧の一味を、このまま捨て置くわけにはいくまい。

されど確たる証拠がなければ、たとえ身柄を押さえても裁くには至らない。

鎮衛が心眼で視たことは、信じぬ者にとっては与太話《よたばなし》。

もとより証拠と成り得ぬどころか、市中の民から南の名奉行がどうかしてしまったと見なされるだけだ。配下の与力と同心も同様であろう。

心眼で知り得たことの裏を取り、その上で外道どもを御縄にする。

それを可能とする力を、いまの鎮衛は有していない——。

「譲之助、使いを頼む」

「何処へ参りまするか」

「北の御番所じゃ。備後守に急ぎ目通りし、手を借りたいと申し出よ」

北町奉行の永田備後守正道は守銭奴を止《や》め、今や御用に勤《いそ》しむ身。

鎮衛の心眼のみならず、町奉行としての在り方まで認めた同志でもあった。

布陣を固めて

一

「南の内与力が参っておるだと？」

「左様でござるよ和田殿。しかと用向きも明かさすに、お奉行に会わせろの一点張りでの。御用繁多《はんた》なれば取り次ぎはいたしかねると幾ら言うてやっても、まるで聞く耳を持たぬのだ」

玄関番の侍が苦りきった様子で、壮平に訴えかけていた。

昼八つ過ぎの同心部屋は十蔵を含めた全員が出払っており、居合わせたのは調べ物をするために戻った壮平のみ。

難儀な来客に手を焼かされた玄関番に駆け込まれた壮平は無下にもできず、話を聞いてやっている最中であった。

されど、手まで貸すつもりはない。

「お奉行ならばご下城なされし後は常の如く、奥にてご休息中であろう。暫時《ざんじ》ならばお邪魔をいたしても構うまい」

「気安く申されるな。もしもご機嫌を損ねられたら何とする？」

「それはお奉行次第だな。取り次ぐ前に気を揉んだところで始まるまい」

「まったく、図々しい独活《うど》の大木ぞ……」

中年の玄関番は鬱陶《うっとう》しげに溜め息を吐《つ》いて見せた。

町奉行所の玄関番は内与力と同じく、奉行の家中から選ばれた者が任に着く。先頃まで賄賂三昧《ざんまい》だった永田正道のお裾分けに与っていただけに、真面目そうに振る舞いながらも浅ましさを隠せぬ男だった。

「されば和田殿、ご雑作なれど追い帰してはくださらぬか？　八森殿の代わりということで、ひとつお願い申す」

どちらが図々しいか分かったものではない。

「異なことを申されるな。見掛け倒しの独活ならば、おぬしの手に負えるであろう」

「実を申さば松の古木《こぼく》じみた腕をしておるのだ。それがしの小枝が如き細腕では話になるまい」

「それほどまでに逞しいのか」

「あやつは柔術使いに相違あるまい。怒らせたくはない相手ぞ」

独活の大木と揶揄《やゆ》されるほど背が高く、それでいて松の古木に譬えられるほど鍛えられた腕の持ち主。

思い当たる者は一人しかいなかった。

「……ならば、私が会うてみよう」

「和田殿？」

壮平が腰を上げたとたん、玄関番は心配そうな顔をした。

安易に頼ったのは間違いだったと、今更ながら気付いたのだろう。

隠密廻は町奉行の直属だ。

他の同心たちと違って上役の与力を介することなく、直に指示を受けて行動する。

つまり奉行の懐　刀《ふところがたな》であり、切り札とも言える存在なのである。

その一人である和田壮平に面倒ごとを押し付けて、怪我でも負わせたら大ごとだ。

いま一人の隠密廻の八森十蔵は還暦を過ぎても頑健で、六尺豊かな大男を一捻りにしてしまえるほど柔術の腕も立つ。

しかし壮平は細身の上、左腕と右脚が十全に動かせない。

不自由であるのを全く感じさせせぬため、利に敏《さと》いが故に物覚えの良い玄関番も今の今まで忘れていた。

「和田殿！」

慌てた声を上げる玄関番に打ち合わず、壮平は同心部屋を出た。

向かった先は、表玄関脇の板敷きの間。

使者の間と呼ばれる、応接用の一室だ。

「やはり貴公か」

「おお、和田殿」

敷居際から声を掛けられ、譲之助は武骨な顔を綻ばせた。

膝を揃えて座っていたのが下座とあれば、壮平が姿を見せた出入口に近い。

目上の者と席を同じくする際は進んで下座に着くのが常識だが、応接のための部屋に通されて、ここまでへりくだるには及ぶまい。

譲之助が南町奉行から申しつかった用向きは、どうやら頼み事らしい。

これまで手を貸すことが多かった北町奉行から、こたびは手を借りたいのではないだろうか――。

左様に当たりをつけながらも壮平は素知らぬ顔で、譲之助に向かって告げた。

「玄関番が怪しんでおったぞ。貴公はお奉行にお目通りを願い出ておきながら、はきと用向きを申さなんだそうだが」

「……卒爾《そつじ》なれど火急の上に、外聞を憚ることなのだ」

譲之助は声を低めて壮平に答えた。

玄関番が部屋の入口の脇に身を潜め、耳を澄ませていることに気付いたらしい。

壮平の身を気遣ってのことと思えば無下にできぬが、火急と聞いて悠長《ゆうちょう》に構えてはいられない。

壮平は無言で腰を上げ、敷居際に忍び寄った。

「うわっ」

引き戸が開いたままの戸口から顔を出し、驚く相手に呼びかける。

「小峰《こみね》殿、案ずるには及ばぬぞ」

「ま、まことにござるか」

「大事ない。私が奥まで案内いたす故、遠慮いたせ」

壮平は有無を言わせず、玄関番の小峰を追い払う。

こういう時は周りの者も気を取られ、隙が生じる。盗み聞く者は居まい。

譲之助は声を潜めて壮平に問いかけた。

「今朝方に出来《しゅったい》せし、品川宿の火事のことは存じておるか」

「火元は南品川の新武蔵屋と耳にしておる。宿場町は町方の支配違いだぞ」

「それと承知で調べを付けよとの、我が殿のご下命《かめい》なのだ」

「そのご下命とは『耳嚢』に絡んでのことであろう」

「分かるのか、おぬし」

「さもなくば南のお奉行ともあろうお方が、ご支配違いを踏み越えようとはなさらぬだろう。して、こたびは何を紙背に見出されたのか」

「新武蔵屋が火付けをされ、燃え落ちるまでの一部始終だ」

「失火に非ず、付け火であったと申すのか」

「火を放ちおったのは破戒僧ぞ。その昔に新武蔵屋のあるじらを騙りに掛け、三十両を掠め取りおったのと同じ者だ」

「二巻目の『品川にてかたり致せし出家の事』だな」

「ご名答。流石は北町の爺様だ」

「褒めても何も出せぬぞ」

「何も要らぬ。ただ、おぬしらの手を借りたい」

「私と八森の、か？」

「故あって若様が旅に出た。沢井と平田も同道した故、手が足りぬ」

「成る程、それがおぬしの用向きか」

壮平は合点した様子でつぶやいた。

「道理で月末《つきずえ》からこの方、若様を見かけぬわけだ……」

二

永田備後守正道は役宅奥の私室で着替えを済ませ、書見台に向かっていた。

下城して早々に脱いだ熨斗目を部屋着の袷に改め、袖無し羽織を重ねている。

季節の替わり目は、寒暖の差が実に激しい。

葉月の半ば頃まで残暑が厳しく、半襦袢に麻の帷子《かたびら》一枚を重ねただけで汗がしとどに流れて仕方なかったのが一気に涼しさを増し、とりわけ朝夕の冷え込みは単衣では凌《しの》ぎ難かったものである。太り肉《じし》の正道とて、例外ではない。

評定所勤めをしていた若かりし頃、別人の如く痩せていた当時は尚のこと、季節の変わり目は身に堪えたのを思い出す。

それは行きつけの書肆《しょし》で手に入れた、一冊の写本がきっかけだった。

「ふふ、懐かしきことばかり綴られておるのう」

ひとりごちながら読み耽っていた書は『吾妻《あづま》みやげ』。江戸を意味する「東」を雅《みやび》に「吾妻」と表したのに「みやげ」と添えた題名は、正長軒《せいちょうけん》橘《たちばな》宗雪《そうせつ》なる作者が、西国の大名の家中の士だったが故のものだ。

序文によると、宗雪が仕えていたのは淀《よど》藩。

山城国《やましろのくに》の南部で十万二千石を領有した、藩の当主は稲葉《いなば》家だ。

御公儀から拝領した藩邸の所在地は、神田の小川町《おがわまち》である。

宗雪は市中の何処へ出向くのにも交通の便が良い、この小川町の上屋敷詰めとして安永《あんえい》五年（一七七六）の春から一年間の江戸勤番となったのを幸い、余暇《よか》の多い勤めの合間に直に見聞した、あるいは人づてに知った江戸の諸相を、正長軒という雅号で書き綴ったのだ。橘宗雪というのが実の名ならば、本来の名前の読みは「むねゆき」と解釈するのが妥当であろう。

題名どおりの「みやげ」として国許に持ち帰った自筆の原本が、どのような経緯で写本となって出回ったのかは定かではない。

ともあれ正道はたまたま手に入れた一冊を、いたく気に入った様子であった。

「……あの頃は身共も若かったのう」

飽かず読み耽るのは、そんな感慨を抱いてのことでもあるらしい。

安永五年といえば三十五年も前のこと。

当年取って六十の正道が二十五の頃だ。

永田家の婿養子として家督を継いで、まだ二年目だった。

その当時のことを『吾妻みやげ』は思い出させてくれるのだ。

正道は福々しい顔を綻ばせ、飽くことなく頁を繰る。

ふと、その目元が鋭くなった。

眉間《みけん》に皺を寄せ、開いた頁に視線を向ける。

家督を継いで四年目の、二十七になった年から九年に亘って評定所留役を務めた頃を彷彿《ほうふつ》させる、眼光鋭い眼差しであった。

「お奉行、和田にございまする」

障子越しに訪う声が聞こえた。

「……入れ」

しばしの間を置き、正道は答える。

書見台の脇に置いていた付箋《ふせん》を取り、そのまま頁の間に挟む。

「ご免」

障子が開かれ、敷居の向こうに壮平が姿を見せた。

傍らに膝を揃えていたのは正道も面識のある、南町奉行所の若い内与力。

「おぬし、南の目安方の倅であったな」

「田村譲之助にございまする。案内も乞《こ》わずにご無礼をつかまつりまする」

「構わぬぞ。和田が連れ参ったということは、しかるべき用向きあってのことなのであろう?」

「お察しいただき、かたじけのう存じ上げまする」

「肥前守殿のお指図か」

「は」

「されば申せ。子細を聞こう」

正道は書見台を脇に寄せ、膝を揃えて座り直す。

くつろぎながら寄りかかっていた脇息《きようそく》も、座した後ろに押しやった。

目下《めした》の者が相手でも、脇息は用いぬのが武家の作法だ。

以前の正道であれば気を遣うこともなく、肘をついたまま譲之助に話をさせていただろう。変われば変わるものである。

「改まって顔を合わせるのは初めてだの」

「前にお目に掛かりし折は、お奉行が危急の折にございました故」

「その節は世話になったな」

「滅相もございませぬ」

「して、本日の用向きは？」

「お奉行に、立ってのお願いがございまする」

「まずは申せ」

「ご配下の隠密廻がご両名、そちらの和田壮平殿と八森十蔵殿に、我ら南町の探索をご助勢願いとう存じまする」

「……それは公の御用のために、肥前守殿の指揮下に入れということか」

「相ならぬとの仰せにございまするか」

「当たり前だ。ご老中がお命じになられてのことならばいざ知らず、奉行同士の一存で配下の貸し借りができると思うたか」

「僭越《せんえつ》ながら、こたびの指揮を執らせていただくのはそれがしにございまする」

「おぬしは内与力、それも見習いであろう？」

「なればこそ、陰にて事を為すのです」

「左様な折のために、肥前守殿は番外の同心衆を抱えておられるはずぞ」

「その者たちが折悪しく、江戸を離れておりまする」

「まことか」

「子細は申し上げかねますが、我が殿の背負うておられる彫物に拘《かか》わることで草鞋《わらじ》を履いた次第にございますれば」

「左様か……」

怒気《どき》を滲まされても臆せず語った譲之助を、正道はじっと見返す。

眼光鋭い眼差しが、黙して耳を傾けていた壮平に向けられた。

「和田、おぬしの存念を聞かせよ」

「有り体《あてい》に申し上げてもよろしゅうございますのか」

「差し許す。はきと申せ」

「されば申し上げまする」

正道の許しを得た上で、壮平は語り始めた。

「田村殿にはお気の毒なれど、足りぬ手を補うことは他を当たっていただいたほうがよろしいかと存じまする」

「和田殿？」

壮平の思わぬ言葉を耳にして、譲之助の武骨な顔が強張った。

正道は表情を変えることなく、無言で耳を傾けている。

壮平は続けて口を開いた。

「我ら北御番所の廻方一同は目下、去る葉月にお奉行のご名義にて発せられし町触の周知徹底に奔走《ほんそう》しております る。稼ぎを失うた彫師たちを取り込みて、裏にて荒稼ぎをせんとしおった浅草の浜吉一家は潰しましたが、同じことを企みおる輩がいま再び動き出すやもしれませぬ。定廻だけでは手が足りず、臨時廻もお奉行のご采配により増役《ましやく》を以て数を補うていただいておりますが、欲を申さば追加で二人か三人は欲しいところでござ います る。肥前守様にお許しを願えるのならば、こちらこそ南の方々にご助勢をいただきたいもので……」

「それほど御用繁多ということぞ、田村」

口を閉ざした壮平の後を受け、正道が言った。

「…………」

譲之助は黙して俯いた。

沈黙の中、正道と壮平を首肯《しゆこう》させるにふさわしい答えを探す。

北の廻方が先月来、彫物の取り締まりに忙殺《ぼうさつ》されているのは承知の上だ。

しかし、それは南の廻方同心たちも同じこと、彫物贔屓の市中の民の反発に晒されながらも町触に従わせるべく、日々の見廻に勤しんでいる。

南北の町奉行所は公事の訴えの受理については月番制だが、見廻の持ち場は基本的に同じである。

統率する町奉行こそ違えど、やることは変わらぬのだ。

だが、陰の御用はそうはいくまい。

南の番外同心と北の隠密廻は、いずれも選りすぐられた者たちだ。

鎮衛が若様らを番外同心に起用したのは、南町奉行所の隠密廻同心の二人が揃って体を傷め、御用が務まらなくなったが故だった。

さりとて御役御免にすれば後を継がせる息子たちに先立たれ、寡婦《かふ》の身で幼い子らを抱える妻女が路頭に迷ってしまう。

故に鎮衛は形だけ隠密廻の席を残し、三十俵二人扶持の禄を受け取ることができるように取り計らった上で、足りぬ手を番外同心の働きで埋めている。

その番外同心衆が江戸を離れざるを得なくなったところに突如として出来した事件に立ち向かうのに、助け合わずに何とするのか。

「……よろしゅうございまするか、お奉行」

譲之助は武骨な顔を上げ、正道に向かって言上した。

「彫師の裏稼ぎは防がねばなりませぬが、こたびの貸し借りは是非に及ばぬことかと存じまする」

「何故、左様に判じたか」

「林出羽守様の一件で、我らがお奉行に貸しがございます」

「む……」

「あの折の若様の働きは、こたびの願いの儀に応じていただくに足るものであったと存じまするが、いかがでござるか、和田殿」

「……その説は、八森が世話になり申した」

譲之助に問われて答える壮平は、旗色が悪かった。

持ち出されたのは正道が北町奉行の職に就く上で後ろ盾となった御側御用取次の林出羽守忠英との腐れ縁を絶ち、汚職三昧の生き方も改めるに至った事件。

壮平に替わって十蔵を補佐した若様の働きは、たしかに見事であった。

正道がおもむろに口を開いた。

「我らの負けのようだぞ、和田」

やり込められながらも悔しさを感じさせせぬ、さばさばとした態度である。

「左様にございまするな」

応じる壮平にも、屈託《くったく》めいた素振りはない。

そんな二人を前にして、譲之助は理解した。

正道も壮平も、南の番外と北の隠密廻が手を携えるのを否《いな》とするわけではない。

この場に居ない十蔵も、思うところは同じだろう。

譲之助が一度は突き放されたのは、対等であれという意思表示。

敢《あ》えて貸し借りという言葉を用いたのも、助けを求めた分を後で頼るつもりでいるからだ。

武士は相見互《あいみたが》いである。

南北の町奉行を陰で支える面々も、またしかり。

こちらから手を貸すことに、もとより異存など有りはしない。

若様たちが江戸に戻ったら、労をねぎらった上で話をしよう——。

三

江戸前の海が夕映《ゆうば》えに煌めいている。

秋の日は釣瓶《つるべ》落としの譬えに違《たが》わぬ空であった。

夕日の残影は瞬く間に失せ、荒れ寺が夜の帳に包まれていく。

檀家も失せた廃屋同然の有様が、悪しき住職にとっては都合がいい。

三人の子分どもは日が暮れるのを待ち、荒れ寺の本堂に集まっていた。

「親分、ほんとによろしいんですかい？」

自然に念を押したのは、新武蔵屋の最後の夜に一升徳利を持参した小柄な男。

「遠慮は要らんぞ、松《まつ》。きっちり三等分して収めるがよい」

気前よく答える破戒僧の装いは、白衣《びゃくえ》が一枚きり。

僧侶らしい常着ながら、垢《あか》じみた上に埃で黒く汚れていては台無しだ。

それにしても、らしからぬ気前の良さである。

鍋に仕込んだ薬であるじ夫婦を眠らせ、火を放つ間際に余さず奪い取ってきた銭函《ぜにばこ》の中身に、自然は指一本触れようとせずにいる。

自然が新武蔵屋を灰燼《かいじん》に帰せしめたのは、旧悪の露見を防ぎたいが故のこと。

当初の目的が達成されたからには、奪った金など行き掛けの駄賃にすぎない。

「それじゃ、あっしも遠慮なく頂戴しやすぜぇ」

代わりに横から手を伸ばしたのは、蔬菜《そさい》が山盛りの籠を抱えていた四十男だ。

「うぬは辞譲《じじょう》ということを少しは覚えんか、八《はち》」

「じじょうって何ですかい、親分？」

「目上の者には有り金を差し出せということだ」

自然は真面目な顔で答えると、傍らの大男に視線を向ける。

「おぬしは礼儀よりも言葉を覚えよ、健《けん》」

「知っとるけんど、話すのが億劫なんじゃ……」

「言葉はおぬしが鉄砲の鉛玉と同じぞ。的《まと》を射抜くためと思わば苦になるまい」

「どのみち御府内《ごふない》じゃ撃てん……」

「もとより承知しておる。なればこそ斯様なものを手に入れた」

ぼやき交じりのつぶやきに応じ、自然は細長い包みを取り出した。

子分たちが集まってくるのに合わせ、新武蔵屋から奪った金と一緒に本堂へ運んでおいたものである。

「これは……気砲《きほう》か？」

包みを解《と》くなり露わになった銃身《じゅうしん》に、健は目を輝かせた。

「そのとおりぞ。流石に飛び道具には詳しいの」

「話には聞いてたけんど、ほんものを拝むんは初めてだぁ」

健は言葉尻に隠しきれぬ喜びを滲ませていた。

「高かったんじゃねぇですかい、親分」

「そいつぁ阿蘭陀渡りの代物なんでござんしょう」

横から覗き込んだ松と八は、不満を隠せずにいる。

ほくほく顔で受け取った分け前も、火薬を用いずに鉛玉を撃ち放つ舶来の新式銃を前にして、端金《はしたがね》と思えてきたのだろう。

「そうさな、まともに購《あがな》わば百両や二百両では足りぬだろう」

「そんなにですかい」

さらりと返した自然の答えに、八が息を呑み込んだ。

傍らの松は驚きの余りか、一声もない。

健も驚きに不安を交えた面持ちで、自然を見やる。

「安心せい。一文《もん》も散じておらぬわ」

「するってぇと、例の如くの口八丁で？」

「決まっておろう。俺からそれを差し引かば、何も残らぬ」

「つまりは空《くう》、ってことですかい」

「左様。その騙りも止めてしもうたら、いっそ清々《すがすが》しいやもしれぬな」

賢《さか》しらげに口を挟んだ八を叱ることなく、自然は嗤《わら》った。

「血迷わねぇでくだせぇよ親分。親分ほど騙しに長けたお人は滅多に居やしねぇんですから。せっかくの才を活かさずにどうなさるんで⁉」

「松の言うとおりでさ。妙な料簡を起こしちゃいけやせん」

松と八が慌てて取り成す様《さま》に、自然は微笑む。

今度は自嘲の笑みではなく、楽しげに頰を綻ばせていた。

「冗談じゃ。聞き流せ」

「驚かさねぇでおくんなさいよ、親分……」

「ほんとに肝を冷やしやしたぜ」

口々にぼやく松と八をよそに、健は黙々と気砲を組み立てている。扱い慣れた火縄銃《じゅう》と同じ造りの銃身に、徳利状に膨らみを持たせた形の銃床《じゅうしょう》を取りつける。この銃床に圧搾《あっさく》した空気を溜め、火薬の代わりに鉛玉を飛ばす力とするのだ。

「うぬらも健を見習うがいい。いちいち冗談を真に受けおって」

「親分こそ、あっしらまで騙りにかけねぇでくだせぇよ」

「全くでさ」

松と八は愚痴りながらもそれ以上は文句を言わず、持参の胴巻きに分け前の金子を収めた。ほとんどが一分金と一朱金で、交じる小判の数は少ない。

健だけは懐に収めることなく、古手ぬぐいに包んで自然に差し出した。

「要らぬのか？」

念を押した自然に頷くと、健は気砲を大事そうに包み直した。

「それで親分、これからどうなさるんで」

「健のおかげで玉代が賄える故、いましばらく拙僧は他の見世で流連を決め込むぞ」

「大事ありやせんかい？　代官所に目を付けられたら事ですぜ」

「切れ者は代官の江川のみにて、配下は手付《てつき》も手代《てだい》も恐れるに値せぬわ」

「ですがね親分、ちょいと気になる役人を見かけやしたよ」

「何者だ、それは」

「火事場に入り込んでた、健に劣らぬ大男でさ」

「目立つ役人が居ったものだな」

「おいらも見ましたよ。あれは南の御番所の内与力ですぜ」

「江戸の町方だと」

「南の奉行は御役に就いて長《なご》うございやすんで、子飼いの中にゃ倅に見習いをさせる奴も居るんでさ。あのでかぶつは田村譲之助って柔術《やわら》の腕っこきで、奉行の一人息子と同門の兄弟弟子だそうで」

「左様であったか。やはり江戸のことは日頃から稼ぎ場にしておる、うぬらのほうが詳しいな」

「親分だって元は本所の生まれでござんしょう」

「そろそろ古巣にお戻りなすったらよろしいんじゃねぇですかい？」

ここぞとばかりに自然に勧める松と八は、かねてより江戸市中を荒らし回っている盗人である。松は酒屋の手代、八は棒手振《ぼてふ》りだったのがそれぞれ道を踏み外し、悪行を重ねるうちに品川宿を三十年来の稼ぎ場とする自然と知り合い、親分と立てるようになった間柄だ。

いま一人の健は猟師が本業で、惚れた飯盛女を身請けする金欲しさで自然の誘いに乗って盗人仲間に入った身の上。その飯盛女は他の客にあっさり鞍替えし、悪事に手を染めた甲斐を無くして久しいが自然から未だ離れず、鉄砲の名手であるのみならず剛力《ごうりき》の持ち主とあって頼りにされている。

この三人を配下としたのを機に、自然は江戸に舞い戻ることを考え始めていた。

しかるべき当てがあってのことである。

「あっしらは親分が乗っ取ろうとしてなさるお屋敷を隠れ家にさせていただけりゃ御

「の字なんでさ」

「間借り代は一仕事済ませるごとに分け前って
ことでお渡ししやす。悪い話じゃねぇ
でしょう？」

「つまりは俺に、盗人宿のあるじになれということだな」

「そっちのほうが割りがよろしいと思いやす」

「お若い頃に剣術修行で鍛えてなすった体と言っても、親分はもう年だ。ご無理をなすっちゃいけやせん」

「さもあろう。おぬしらも、そのほうが心置きのう稼げるであろうからな」

「いえいえ、別にそういうつもりはありやせんよ」

「そうそう、無理はいけねぇって申し上げてるだけでさ」

　松と八としては取り締まりの厳しい江戸で自然が盗みにしくじり、巻き添えで御縄にされる前に隠居させてしまいたいらしい。

　そんな二人の思惑を察した上で自然は言った。

「うぬらの言うこともっともだ。たしかに俺も寄る年波で、破戒僧になりきるのも少々きつくなって参ったからな……ここらが潮時やもしれぬ」

「それじゃ本所に戻りなすって楽隠居を」

「そいつぁいい。そうなさるのが一番ですって」

「ふっ、何も隠居するとは申しておらぬ」

すかさず話に乗ってきた二人を、自然は一笑に付した。

「この年になって思い知ったが、俺は人を騙すことが楽しゅうてならぬのだ。いまもうぬらに肩透かしを喰わせ、その間抜け面に笑わせてもろうたであろう？　こうした悪ふざけに実入りが伴わば、これに勝る喜びはあるまい」

「するってぇと、江戸じゃ騙り一本で稼ぎなさるってんですかい」

「いい加減になせぇまし。業《ごう》が深《ふけ》えにも程ってもんがありやすぜ」

松と八が口々にぼやいた。

意に介することなく、自然は言った。

「そのために、また手を貸してくれぬか」

「と、申しやすと？」

「いま一つ、潰しておかねばならぬ店が在るのだ」

「新武蔵屋と同じに、ですかい」

「左様。南の奉行とは別口で、俺の旧悪を書き立てておった者が居ったのでな。破戒僧の仲間と組んで働いた、騙りの手口を子細にのう」

「誰なんです、そいつぁ」

「淀十万二千石、稲葉丹後守《たんごのかみ》に仕えておった浅葱裏《あさぎうら》だ」

「江戸勤番の野暮天ですかい」

「その野暮天が正長軒などと雅な名乗りで綴ったものだ。勤番暮らしの暇に飽かせて市中を歩き回り、自ら見聞せし上で筆を執るのを専らとしておった故、尚のこと厄介であったことよ」

「その浅葱裏は殺っちまわなくてもよろしいんですかい」

「それには及ばぬ。調べてみたら疾うに往生しておった」

「でも、親分のなすったことを書いたもんは世に出回ってるんでござんしょう」

「その点も大事ない。所詮は素人の筆すさび、せいぜい身内や知己《ちき》が回し読みをした程度であろうし、写本もあるかどうかといったところぞ」

「そんなら、親分が騙りを働きなすった店も放っておいて構わねぇんじゃ……」

「いや、そこは見過ごせぬ」

自然はぎらりと目を光らせた。

明かりは蠟燭《ろうそく》一本きりの本堂の中、剃らずに四日目の坊主頭がゆらりと動く。

不気味な影が映じた本堂の壁は、自然が着ている白衣と同様に黒ずんでいた。

「人は悪しき心を抑えず生くるがあるべき姿……俺はがきの時分から、それが真理と思い定めて参ったのだ。松平越中が寛政の御改革で唱えておったお題目など、反吐《へど》が出るほど嫌いでな」

力を込めて語り出すのを尻目に、松と八は声を潜めて言葉を交わす。

「始まったぜ、親分のいつもの癖が……」

「ご機嫌を損ねちゃいけねぇぜ。ただのいかれた坊主じゃなくて、俺たちの隠れ家の家主様になってくださるお人だからなぁ」

健は気砲の銃床の部分だけを再び取り出し、空気を圧搾する仕組みを知ろうとあれこれ試していた。

自然の口上《こうじょう》はまだ止《や》まない。

「新武蔵屋も左様であったが、どいつもこいつも悪事に性根が据わっておらぬ。俺が拾うたと見せかけたのをよってたかって掠めとろうとしておきながら、ただ一度しくじっただけで懲りおって、白々しい善人面に様変わりだ。あの面に腹が立つ故、俺はあやつら夫婦に引導を渡してやったのだ。紋二は下足番をしながら枕探しに勤しんでおった故、見逃してやってもよかったのだが、万が一にも俺の昔を喋られてしもうては本末転倒。やむなく口を塞いだが、あやつだけは成仏させてやりたいものぞ……」

手前勝手な口上を、自然は憑かれたように続けていた。

この男の悪しき業は、まことに深い。

安全な老後の暮らしを望んで人を殺し、その老後にも更に悪事を重ねんと声を大にして宣しながら、何ら恥じてはいなかった。

四

夜更けた南町奉行所の役宅では、譲之助が鎮衛へ報告に及んでいた。

今時分まで時を要したのは壮平から要望された件について、段取りを整えるために走り回っていたからである。

「戻りが遅うなりまして、まことに申し訳ありませぬ」

「大儀であった。よくぞ話をまとめたのう」

鎮衛は労をねぎらうと、譲之助の斜め前に膝を揃えた壮平を見やる。

「こたびはおぬしたちに雑作をかけるが、しかと頼むぞ」

「こちらこそ、初日から譲之助殿にご足労をおかけいたしました」

「調べのためとあらば大事はない。それにしても御様御用《おためしごよう》にあやかって亡骸《なきがら》の肺腑《はいふ》を検むるとは、考えたものだのう」

それは南品川の火事が付け火であるのを立証すべく、医者あがりの壮平が提案したことだった。

江戸四宿は町奉行の管轄外のため。火事はもとより事件が発生しても調べに当たる権限はなく、対処する責任も負ってはいない。

故に取り調べに介入することはままならず、火事の発生を知って早々に品川へ駆け付けた譲之助も野次馬に交じり、現場の周囲を見て廻ることしかままならなかったのであるが、壮平の提案は自然な形で証拠を押さえることが可能な一手だった。

協力を仰いだ相手は、御様御用首斬り役の山田《やまだ》家である。

様剣術とも呼ばれる試し斬りの達人が代々の当主として山田朝《あさ》（浅）右衛門《えもん》の名前を世襲し、身分こそ浪人ながら将軍家の所蔵する太刀と刀の切れ味を実地に検証する御様御用を仰せつかる山田家では、試し斬りに亡骸を用いる必要もあって小伝馬町の牢屋敷へ定期的に足を運び、死罪を執行する首斬り役を務めている。

町奉行所では番方若同心が御役目の一環として首斬り役を交代で務めるのが習わしだが、これは容易なことではない。刃筋を通せずに斬り損じ、あるいは刀身を曲げてしまう者が多い中で壮平は一刀の下に、それも難しい片手斬りで事をなし、一門への弟子入りを勧められたほどだった。

この人脈を活かして壮平が山田家から協力の約束を取り付け、譲之助は山田家の現当主で五代目朝右衛門を襲名した吉睦《よしむつ》のしたためた書状を持って、品川宿の治安を預かる韮山代官の江川太郎左衛門《たろうざえもん》が本所に構える、出張所を兼ねた屋敷を訪問。新武蔵屋の火事で一人だけ焼けずに済んだ紋二の亡骸の引き取りの交渉を持ちかけ、日が沈むまで粘った末に了解を得たのである。

目的は牢屋敷から引き取った亡骸を用いた試し斬りに習熟しており、精妙に刃筋を通して骨肉を断つことを可能とする吉睦の術技を以て紋二の肺を両断し、絶命した際に煙を吸ったか否かを検証すること。合わせて胃の中まで調べれば、一服盛られて眠りに落ちたところに火付けをされた事実も立証し得る。

これは幕府が解剖を厳しく禁じ、医者といえども許されぬが故の苦肉《くにく》の策だ。

生者を救うための手術によって体を傷つけるのは差し支えなかったが、死者を切り刻む行為は冒瀆《ぼうとく》と見なされたのである。

そこで壮平が思いついたのが、御様御用にあやかることだったのだ。

「備後守に続いて江川太郎左衛門まで口説《くど》き落とすとはのう……重ね重ね大したものじゃ」

「痛み入りまする」

敬愛する主君に二度まで労をねぎらわれ、譲之助は恐縮しきり。

報告の場に同席した壮平も、感心した様子で微笑んでいる。

「和田」

ふと、鎮衛が壮平に呼びかけた。

「おかげで陣が調うて参ったが、八森と話をいたさずに事を進めて大事ないのか」

「その儀ならばご懸念《けねん》には及びませぬ」

「どういうことじゃ」

「実を申さば、八森も助っ人を求めて出張っておりまする故」

「まことか」

「と申しても、南の陣に列させるためではありませぬ」

「さもあろう。これなる田村がおぬしらを訪ねた時、すでに八森は市中に出向いた後だったと聞いておる」

「その出向きし先が、助っ人のお屋敷なので」

「ほお」

鎮衛は興味深げにつぶやいた。

「品川宿の一件とは別口ということは、町触の絡みか」

「左様にございまする」

「彫物の取り締まり、北町の衆には何かと雑作をかけるの」

「お止めくだされ。何もお奉行が悪いわけではございますまい」

　壮平は穏やかな面持ちで続けて言った。

「当方のお奉行が譲之助殿に苦言を呈し、私も僭越ながら耳の痛いことを申し上げたは件《くだん》の町触に不満があってのことには非ず、南の番外衆の指揮を陣頭にて執ることを任されし譲之助殿の覚悟の程を、確かめんとしたが故にございまする」

「その覚悟、見て取ることは叶うたのか」

「はい。しかと受け止めさせていただき申した」

「それは重畳。されど手が足りぬとあってはおぬしはもとより、備後守も気が休まるまいぞ」

　鎮衛は壮平の答えに安心しながらも、北町奉行所の現状を憂えて言った。

　着任した当初は分かり合える余地のなかった正道も、今や御役目に身が入るようになってきた。

　なればこそ鎮衛も正道を張り合う相手とは見なさず、精勤する日々の御用に障《さわ》りが生じぬことを願ってやまぬのだ。

「ご心配なされますな、お奉行。なればこその助っ人にございますれば」

「ならば良い。おぬしらの助勢はかたじけないが、そのために北の御用が滞らぬようにしてくれよ」

「もとより心得おりまする」

「して、八森が訪ねた相手と申すは何者なのじゃ」

「遠山様にございます」

「と申すと、金四郎殿か?」

「いえ、左衛門尉様にございまする」

「何と……」

「本日の朝に板橋宿にお入りになられ、昼前にはお屋敷に戻られるとの由にござれば八森はご門前にて張り込んだのでございまする」

啞然とする鎮衛を前にした壮平は、穏やかに語りながらも不安を隠せぬ様子。

十蔵のことはもとより信頼しているが、この助っ人話は無謀に過ぎる。

そう意見をしても十蔵は聞く耳を持たず、遠山家が屋敷を構える愛宕下《あたごした》まで独りで出張ったまま、未だ戻らずにいたのであった。

五

「ヤッ！」

夜更けた庭に裂帛《れっぱく》の気合いが響き渡った。

気合いを発したのは、遠山左衛門尉景晋。

当年取って六十になる、御目付衆で一の切れ者だ。

本身《ほんみ》を振るう手の内は冴え渡り、対する十蔵は防戦一方。

景晋の動きは俊敏にして力強く、対馬からの長い戻り旅を終えて帰宅したばかりの身とは思えない。

景晋と十蔵が最初に顔を合わせたのは、屋敷の門前。

板橋宿から愛宕下まで要する時間を読み、待ち構えてのことであった。

御目付として評定所一座に加わる立場の景晋は、南北の町奉行とはかねてより面識がある。

北町の隠密廻同心で、同役の和田壮平と二人して『北町の爺様』の異名を取る十蔵のことも顔までは知らずとも、その名前と評判は聞き知っていた。

故に門前で待ち構えていた無礼を咎めることなく屋敷に招じ入れ、当初は友好的に話をしたのである。

それが怒り心頭に発して木刀を引っ提げ、立ち合いに至ったのは屋敷に居合わせた金四郎の件もあってのこと。

対馬へ出立する前に屋敷へ連れ戻したはずが再び出奔に及んだばかりか、親の目を盗んで彫った桜の花びらが、今や桜吹雪となるに至っていたと知るに及ぶや怒髪天《どはってん》を衝《つ》き、手討ちにしようとしたのである。

北町奉行所の助っ人をしてほしいという思わぬ話に戸惑いながらも、穏やかに応対していた好人物とは思えぬ豹変《ひょうへん》ぶりに十蔵が驚かされ、されど見捨てておけずに止めに入ったのは当然のことだった。

十蔵と景晋の、命懸けの応酬は未だ止まずにいた。

「八森殿、退かねばおぬしも無事では済まぬぞ！」

「そういうわけにには参りやせんよ、遠山の殿様」

「おのれ、うぬも痴《し》れ者かっ」

景晋の品よき顔は、余りの怒りに歪んでいた。

少年の頃に重篤《じゅうとく》に陥った名残である、疱瘡《ほうそう》の痕《あと》が夜目《よめ》にも目立つ。

幼くして命を落としかけたが故、景晋は子煩悩《こぼんのう》な父親であった。

溺愛《できあい》して育てたからこそ、金四郎の並外れた不行 跡《ふぎょうせき》が許せぬのだろう。

しかし、その手を血で汚させるわけにはいかない。

こたびの町触に端を発する、彫物を巡る諸々を解決するには御目付の力が必須。

どのみち力を借りるのならば、他ならぬ金四郎の父親にして御目付衆で一の実力者である景晋を味方につけたい。

その一念を貫くべく、手にした得物《えもの》は寸鉄だ。

万力鎖はすでに断ち切られ、庭先に転がっている。

両の手のひらにした二本の寸鉄に命を預け、十蔵は突進する。

十手はもとより、刀には手も触れない。

「ヤーッ！」

景晋の裂帛の気合いが耳をつんざく。

負けじと十蔵は前に出た。

勢い込んだ斬り付けを左で受け、右をみぞおちに突き入れる。

「日を改めて参りやす。今宵のところはご免なすって」

金四郎を庇って立った景善に一礼し、十蔵は謹んで遠山家を後にした。

北町奉行参る

一

十蔵は踵を返し、遠山家の表門に向かって歩き出す。

「殿っ」

「殿！」

切迫した声が背中越しに聞こえてくる。

景晋に仕える家来たちである。激昂した主君を止めようとしてもままならず、十蔵との立ち合いにも割って入れず、遠巻きに見守っていた面々だ。

十蔵は振り向くことなく歩みを進めた。

景晋には日を改めて北町奉行所への助勢を乞うつもりだが、今は速やかにこの場から離れなければならなかった。

遠山の家中の士たちにとって十蔵は主君に手を出した、討ち取るべき慮外者《りよがいもの》。ぐずぐずしていれば取り囲まれ、膾斬《なますぎ》りにされてしまいかねない。景晋に致命傷を与えるのを避けるために刀を抜かず、咎人に御公儀の威光を示すためにしか見せてはならない十手には触れもしなかったとはいえ、手出しをしたのは事実だからだ。

表門の潜り戸は開いており、番人も見当たらない。

景晋と十蔵が屋敷内の各所でぶつかり合い、表門を通った脇に在る番士の詰所でも激しく揉み合ったため、全員が退避したままになっていたのだ。

今の内に屋敷の外へ抜け出すべく十蔵は急いだが、体が思うように動かない。

足が重い、腰が重い。肩が重い。全身の骨が軋《きし》みを上げているかのようだった。

「くっ……」

焦りの呻きを漏らした時、行く手の潜り戸が開いた。

「しっかりせい、八森」

「壮さん？」

十蔵は汗に塗れた顔を振り、手の甲で目を擦《こす》る。

空耳《そらみみ》ではなかった。

開いた潜り戸の向こうに立っていたのは、見紛うことなき三十年来の相方。

戻りが遅いのを案じ、迎えに来てくれたのだ。

「面目ねぇ、日を改めて出直すことになっちまってな……」

「話は後にせい。ほら、摑まれ」

壮平は潜り戸の外へ十蔵を引っ張り出し、肩を支えて歩き出した。

二

門の内では、景晋が屋敷奥の私室へ運ばれていくところであった。

気を失ったままの主君を抱え上げ、運んでいくのは遠山家に仕える家士たちだ。

遠山家の侍は腕が立ち、足軽も屈強な者が揃っている。

景晋が務める御目付は旗本と御家人の行状を監察する御役目柄、人事に不利な報告をされたと逆恨みをされ、命まで狙われる危険を伴うが、かつて景晋が襲撃を受けたことは無い。出世ぶりに妬心を抱く同役の御目付衆も手を出せぬほど、主君の護りに日頃から隙が無かった。

その家士たちが誰も十蔵を追わなかったのは、主家の恩人と思えばこそだった。

忠義の士である一同は、景晋に逆らえない。激昂して刀を抜き、実の息子の金四郎を成敗しようとしても手を出すわけにはいかなった。

十蔵は彼らに代わって金四郎を助けてくれた。次の当主となることを一同が願って止まない遠山家の若殿を救うために体を張って、命懸けで止めてくれたのだ。

もとより感謝しか抱かぬ相手に、刃を向けるはずもなかった。


金四郎は玄関まで続く石畳に、茫然と座り込んでいた。

十蔵が景晋の激しい攻めを防いでいる間、金四郎の側から離れずにいた景善も一緒である。嵐が去って腰が抜け、共に立ち上がれずにいる。

そこに四人の家士がやってきた。

芝居町《しばいまち》に入り浸っていた金四郎に有無を言わせず、屋敷に連れ戻した侍と足軽だ。

四人は石畳に膝をつき、うやうやしく頭を下げた。

「殿がお目を覚まされました」

報告したのは、年嵩の侍。

「まことか」

声を上げて応じたのは景善のみ。

金四郎は目線こそ動いたものの、無言でそっぽを向いたままだった。

「奥にてお待ちにございます。急ぎお越しくださいませ」

必要なことだけ告げた侍は、いま一度頭を下げると立ち去っていく。

彼らは金四郎に期待を寄せてはいるが、甘やかすことはない。

景善のことを疎んでいても、無礼を働くことはなかった。

そんな家中の空気を、景善はかねてより感じ取っていた。

景善は景晋が遠山家へ養子入りした後に生まれた、先代当主の実子である。

景晋は義理の兄、金四郎は甥にあたるが、景晋は景善を確実に遠山家の次期当主にするために養嗣子に据えた上、金四郎と養子縁組をさせていた。

可愛さ余って憎さ百倍となるほど金四郎を溺愛していながら、家督の相続についてはなまでに義理堅く、上下の分を重んじたのだ。

その義理堅さが、景善には重荷でしかない。

遠山家にとって景晋は、優秀すぎる存在であった。

迎えられた家を盛り立てるのに力を尽くし、孝養を尽くすのは養子の務めだ。

しかし、景晋は度を越していた。

出世を重ねて遠山の家名を大いに高めただけに留まらず、景善を養嗣子とした上で実子の金四郎を次期当主の座から遠ざけたのは、景善の実の父親で遠山家の先代当主だった景好《かげよし》が望んでのことではない。

その景好も、天明六年（一七八六）に亡くなっている。

すでに二十三回忌も済み、次は二十七回忌だ。

没して久しい故人に対し、景晋はいつまで義理立てするつもりなのか――。

「行こうぜ、義兄上《あにうえ》」

尽きぬ景善の煩悶《はんもん》は、吹っ切れた響きの声に遮られた。

「金四郎……」

「おかげさんで命を拾ったぜ。ありがとさん」

「おぬし、義父上にお目通りしても大事ないのか？」

「いつまでも逃げてちゃ始まらねぇだろ。八森のじいさんを見習って、真っ正面からぶつかっていくまでさね」

気負いのない面持ちで告げると腰を上げ、すっくと立つ。

「さ、行こうぜ」

「うむ」

景善は後に続いて歩き出した。

先に立つ金四郎は血の繋がらぬ甥にして義理の息子だが、景善のことを義兄《あに》と呼ぶ。生まれた時から知っている景善は幾ら凄んで見せられても、子どもの背伸びとしか思えずにいた。

その認識も改めねばなるまい。

金四郎は未だ熟するには至っていないが、いずれ大器となるであろう一人の男。

如何なる道を歩むにせよ思うところを尊重し、支えてやりたい。

積年の煩悶から脱したことにより、素直にそう思えていた。

三

息を吹き返した景晋は奥の私室で独り、己が短慮を恥じていた。

「穴があったら入りたいとは、斯様な心持ちのことを言うのであろうな……」

寝かされた布団から抜け出し、畳の上に膝を揃えて座っている。

反省しきりの一方で、怒りに我を忘れたのを体を張って止めてくれた十蔵に対して抱く感謝の念も尽きなかった。

「時の氏神《うじがみ》にしては伝法に過ぎるが、のう」

景晋は淡い灯火の下、あばた面に苦笑を浮かべる。

ともあれ同い年の北町奉行——永田備後守正道が、良き配下に恵まれたのは間違いのないことだ。

「備後守がまことに昔日《せきじつ》の有り様《よう》に立ち返ったと申すのならば、手を貸してつかわすべきであろうな」

独りつぶやく景晋は千代田の御城中で密かに蠢《うごめ》く、三人の男たちをかねてより危険視していた。

若年寄の水野出羽守忠成に、御側御用取次の林出羽守忠英。

そして、小納戸頭取の中野播磨守清茂。

景晋より一回り下の世代の三人には、一橋家の先代当主にして将軍の実の父である徳川治済の息がかかっている。

この三人は治済が当主だった当時の一橋家から徳川宗家に迎えられ、十一代将軍となった家斉も格別に目を掛けている。とりわけ清茂に寄せる信頼は厚い。

将軍父子の後ろ盾を幸いに、彼らが狙うのは御政道を牛耳《ぎゅうじ》ること。

三人の中で唯一の大名の忠成を老中職に就かせた上で、将軍の側近くに仕える忠英と清茂が脇を固める。

今の老中首座である松平伊豆守信明の身に万が一のことがあれば、自ずと実現することだった。

信明は一度は老中職から退いた、病み上がりの身。

しかし異国の船が沿岸を盛んに脅かし、北の帝国であるオロシャに続いて世界の海の覇権《はけん》を握ったエゲレスまで日の本に通商を求め、自分たちの勢力圏に取り込もうとしている状況を乗り切るために、経験豊富な信明の力は未だ必要だ。

あの三人も信明が現状を乗り切って異国との関係が落ち着くまでは、老中首座の職を奪いには動くまい。

今、彼らが成そうとしているのは、先々のための地固めだ。

清茂は見目良き養女を大奥へ奉公に上げ、家斉の寵愛を得させるために支援をして止まずにいる。

お美代《みよ》と名付けられた清茂の養女は清茂の支援によって早々と、将軍の側室候補である御中臈《おちゅうろう》に出世した。

未だ他の御中臈たちと競い合っており、家斉の御手が付くには至っていないが御目に留まるのは時間の問題。

お美代が御手付きとなって懐妊《かいにん》すれば、清茂の立場は更に強まる。男子を産んだとなれば尚のこと、手に入る権力は絶大であろう。

清茂はもとより忠成と忠英も、政《まつりごと》への確たる信念など持ってはいない。

有るのは権勢の座に座り、この世の栄華を誇ることのみ。

そのためには将軍を骨抜きにする必要がある。

故にお美代を大奥に送り込んだのだ。

客観的に見て、もはや家斉に側室をあてがう必要はない。すでに世子《せいし》の家慶《いえよし》を始めとする男子を十四人、女子を十八人もなしているからだ。

とはいえ早世《そうせい》する子も多く、今年だけで二人の姫——年が明けて早々の睦月《むつき》二十二日に誕生した十七女の艶姫《つやひめ》が生後半年に満たない水無月《みなづき》三十日に、文月《ふみづき》二十七日には十四女の岸姫《きしひめ》が五つで亡くなっていたが、男子五人に女子六人が未だ健在。将軍家の御威光を保つために御三家や有力大名の家々に男子は養嗣子、女子は正室として送り込むにも十分な数が揃っている。

これ以上の子作りは、幕府の財政を傾けることになりかねまい。

それを承知で、男好きのする美貌《びぼう》の女に家斉を虜《とりこ》にさせようとしているのだ。

悪しき三人組が企んでいるのは、それだけではない。

南北の町奉行の首を、無能な者に挿《す》げ替えようとしているのだ。

将軍家の御膝元である江戸市中の司法と行政は、南町の根岸肥前守鎮衛に北町の小田切土佐守直年という二人の名奉行が、十年余りに亘って支えてきた。

しかし北町奉行の直年が去る卯月の二十日に急逝《きゅうせい》し、後任となった永田備後守正道は忠英が後ろ盾となり、老中に対しても意見のできる御側御用取次の権限を悪用した人事によって着任させた男であった。

悪しき三人組は優秀な奉行など必要としていない。

清茂らが歓迎するのは自分たちの悪事に気が付かず、察しがついても小金で容易《たやす》く丸め込むことのできる、都合の良い人材。

町奉行所に限らず、現場で働く諸役人が無能であっては困るが、上に立たせる者はお飾りで十分ということだ。

確たる証拠はなかったが、直年が急逝したのは清茂の差し金ではあるまいかと景晋は疑っていた。

前年の皐月二十二日に北町奉行所で突如として出来した刃傷沙汰も、乱心者の犯行ということで一件落着したものの、不審な点が多い。

そして今、危機に直面しているのが南町奉行所だ。

南町では亡き直年以上に名奉行の誉れの高い鎮衛が高齢にもかかわらず御用に邁進《まいしん》

してきたが、町奉行の要職に在りながら彫物を背負っているのではないか、とかねてより噂になっていた。

江戸っ子は彫物を男伊達の印と見なすため、その噂を理由に鎮衛を嫌悪するどころか好感を抱いていたのだが、そこに降って湧いたのが去る葉月に出された町触だ。

彫物を禁じる町触に先立って四人の彫師を手鎖の刑に処し、これを見せしめとしたことに市中の人々は激しく反発。町触そのものは北町奉行の名義で出されたにもかかわらず、批判の声は鎮衛一人に集まっている。名奉行にして彫物を入れた粋なお奉行と愛されていたのが一転し、激しい憎悪の下に晒されていた。

長らく江戸を留守にしていた景晋も配下の徒目付から送られてくる文で状況を逐次知らされていたものの、久方ぶりに戻った華のお江戸は南の名奉行に対する怒りが渦巻いている。

このまま行けば暴徒と化した群衆が、南町奉行所に押し寄せかねない。

「……やはり、放っておくわけには参らぬな」

ひとりごちた景晋の耳に、廊下を渡る足音が聞こえてきた。

「義父上、お加減は如何でございまするか」

気遣いを交えて訪いを入れたのは景善だ。

しかし、障子越しに聞き取った足音は二人分。

「大事ない」

答える景晋の声の響きは柔らかい。

「おぬしたちには、まことに恥ずかしき姿を見せてしもうたの……」

二人の息子を招じ入れ、話す態度も穏やかだった。

四

北町奉行所の役宅では、正道が書見台に向かっていた。

改めて目を通していたのは『吾妻みやげ』。

正長軒こと橘宗雪が綴った『吾妻みやげ』は『耳嚢』と同様に、古《いにしえ》の事件の記録集としての側面がある。

正道が目を止めたのは、二つの事件。

一つは深川の鰻屋を相手取り、騙りを働いた生臭坊主の話。

いま一つは御公儀御用達の呉服商の大丸《だいまる》に詐欺《さぎ》を仕掛けた悪党の話であった。

「……ここまで昔日に立ち返り、血を滾らせてくれるとは思わなんだぞ……」

それらは正道が評定所留役の御役目を務めていた若い頃、調べを重ねながらも確証を得られぬまま、迷宮入りをさせてしまった事件であった。

深川の鰻屋のあるじと仲間たちに罠を仕掛け、大金を騙り取った手口は『耳嚢』の二巻目に収められた『品川にてかたり致せし出家の事』とほとんど同じ。

異なるのは坊主が二人組だったことぐらいで、抜かりなく証文を取り交わしていたために被害に遭った面々は訴え出るのもままならず、相談を受けた町役人《ちょう》からも日頃の評判を落とすことになると釘を刺され、泣き泣く引き下がっている。

「自然め、こたびこそ逃がしはせぬぞ……」

正道が怒りを込めて口にしたのは、大金を騙り取った坊主の一人の法名。

品川宿の破戒僧は同様の手口を弄し、別の事件も起こしていたのだ。

その自然と手を組んだ、いま一人の坊主にも複数の犯行に及んだ疑いがある。

それが大丸で出来した詐欺である。

日本橋の大店に目を付けた悪党が仮住まい中と言葉巧みに偽り、悪事に利用した地は本所の割下水。

文字どおり下水を流す大きな溝に沿って御家人の屋敷が連なる中で、悪党に利用されたのは正道の調べによれば速水《はやみ》家という、割下水暮らしの微禄の旗本だった。

旗本も御家人も、微禄の者たちは内職をしなければ食っていけない。

そこで速水家が試みたのは、代々の当主が通じていた薬学を活かすこと。

その知識と技術は確かなものである。

とりわけ評判が高いのは、今年から売り出された大難勝利散《だいなんしようりさん》なる妙薬《みようやく》。

正道が目を付けたのは、開発に要した費用の出どころだった。

壮平に調べさせたところ、速水家の売薬は全てが好評を博したわけではなく、人気を得ているのは、当主が齢六十となるまで調合し得ぬという妙薬のみ。

とにかく時も金もかかる薬らしい。

前に売り出したのが三十年余り前とあって、飛ぶように売れている。

それは大丸が騙りに遭ったのと前後した年であった。

速水家が研究の費用に滞ることなく、こたびの新薬が売り出されるまでの暮らしに詰まりもしなかったのは、どこからか援助を受けているということだ。

全ての始まりは三十余年前、二つの事件が起きた時だったのではないか。

深川の鰻屋と、日本橋の大丸。

業種も規模も異なる二つの店を的にして、騙りを働いたのは同一犯。そして速水家に間借りをしていた男。

その分け前を速水家は受け取って、最初の研究の費用に充てたのだ。

そして三十余年の時を経て、久方ぶりに妙薬が売り出された。

偶然の一致とは考え難い。

速水家は微禄の旗本の例に漏れず、家禄の米は先々に受け取る分まで札差《ふださし》の抵当《ていとう》に入っている。

暮らしそのものは世間並み。

にもかかわらず、金のかかる薬の開発ができている。

その真相を暴くには、御目付の助けが必要だ。

町奉行の権限では踏み込めぬ屋敷に調べの手を入れ、不可解な金の出どころまでも突き止める。

そうすれば、三十年来の因縁の相手との対決に至ることが叶うに違いない。

「こたびこそ、罪の報いを受けさせてやろうぞ……」

灯火の下でつぶやく正道の声は力強い。

評定所留役として血を吐くほど精勤した当時の情熱を取り戻し、許せぬ悪に鉄槌《てっつい》を下す決意を新たにしていた。

「ご免」

「夜分に失礼いたしやす、お奉行」

耳慣れた訪いの声が障子越しに聞こえてきた。

「構わぬ。入れ」

応じて答えた正道は『吾妻みやげ』を手にして向き直る。

壮平と共に敷居を越えた十蔵は、恐縮した態で正道の前に膝を揃えた。

「今時分までお待たせしちまってすみやせん。左衛門尉様にゃ初めてお目にかかりやしたが、口説くにゃ骨が折れやしたよ」

「大仰《おおぎょう》に申すでない。骨まで痛めてはおらぬであろう」

言下にやり込めたのは、正道ではなく壮平だ。

「どういうことだ、和田」

正道は訳が分からずに問いかけた。

「八森が申したのは譬えに非ずということにございまする」

「と、申すと？」

「私が駆け付けた時には決着しておりましたが、八森は左衛門尉様をお相手に荒事に及んだのでございまする」

「何と……」

「人の親になるということは、楽なものではございませぬな」

驚く正道を前にして、壮平はしみじみとつぶやいた。

五

品川外れの荒れ寺の本堂から、自然の読経の声が聞こえてくる。

「おやおや、久しぶりに来てみたら坊主らしいことをしてるじゃねぇか」

上がり込んできたのは、六十過ぎと思しき旅の僧。

埃に塗れた網代笠《あじろがさ》を片手に携え、首から頭陀袋《ずだぶくろ》をぶら提げた格好で、下卑《げび》た笑みを浮かべていた。

「からかうでない。邪魔な奴らを追い出すためにしていたことだ」

「ああ、新武蔵屋とかって食売旅籠を潰す手先に使った奴らかい」

「存じておったか銀三《ぎんぞう》。おぬし、江戸に着いたばかりであろう？」

「俺の地獄耳を甘くみちゃいけねぇよ。ゆんべは内藤新宿泊まりで、お江戸に入ったのは今日の昼前だったけどな、おおよその調べは付いちまったぜ」

「相変わらず仕事が早いの。頼もしいことだ」

「お前さんこそ、上手いことやったもんだな」

蠟燭を一本灯したきりの本堂の中、坊主頭の悪党どもは笑みを交わした。

「そうそう、御徒町がちょいとした騒ぎになってたぜ」

「ほお」

「火元は御徒の部屋住みどもだ。彫物をして粋がってる、穀潰しの若え奴らよ」

「そやつらは彫物を禁じた町触に憤り、南北の御番所に押しかけると息巻いておるのではないか。しかも古株の御徒衆は見て見ぬ振りをしておるのだろう」

「どうして知ってるんだい」

「古株の連中が騒ぎを止めぬのは、俺が釘を刺しておいたが故なのだ。昔の顔を活かしての」

「悪御家人だった時の伝手を使ったってのかい」

「左様。新武蔵屋潰しに取り掛かる前に江戸まで出向き、その頃つるんだ連中の古傷をいじってやったのだ」

「どういうこったい、自然」

「御役目に就くなり婿に行くなり真っ当に暮らしておっても、部屋住みであった若い時分に道を踏み外し、無頼を気取った手合いは存外に多い。大小を帯びておった頃の俺の誘いに乗って、共に騙りや盗みを働いた者も……な」

「その旧悪をばらすって脅しをかけたわけだな」

「左様。どいつもこいつも青い顔をしおったわ」

「へへっ、まさか白髪が生える年になって、お前さんが現れるとは思いもしなかったんだろうよ」

銀三は可笑《おか》しそうにつぶやくと、続けて自然に問いかけた。

「それでお前さん、何のために御家人どもを暴れさせようってんだい」

「分からぬか、銀三」

自然は呆れた顔で旧知の相手を見返した。

「拙僧がおぬしを江戸に呼んだのは、我らが旧悪を知る者の口を封じるためだけではない。そのついでではあるのだが、一つ大きな仕事をするつもりでな」

「どこに押し込もうってんだい」

「深川の銚子屋だ」

「佐賀町の干鰯問屋だな。俺が住んでる武州《ぶしゅう》の片田舎でも評判の、上物《じょうもの》の金肥《きんぴ》を扱ってる大店だろ」

「拙僧が新武蔵屋を潰したのは、その銚子屋のせいなのだ」

自然は苛立たしげに顔を歪めた。

「銚子屋のあるじは門左衛門という、若い頃には遊び人で鳴らした男でな。新武蔵屋にも出入りをしておった」

「品川なら土蔵相模って相場が決まってんのを、敢えて南品川に通ってたのかい」

「故に拙僧の顔を知られておるのだ」

「だからって、別に殺《ば》すにゃ及ばねぇだろ」

「新武蔵屋のみならず大黒屋《だいこくや》にも探りを入れておったと申しても、左様に思うか」

「大黒屋に、だと⁉」

「左様。深川から浜町《はまちょう》河岸に移りて、今は布袋屋《ほていや》と称しておるがの」

たちまち顔色を変えた銀三に、自然は冷ややかな眼差しを向けた。

「どうだ、おぬしも少しは肝が冷えたか？」

「ああ……古傷を探られるってのは、こういうことを言うんだろうぜ」

銀三はたちまち流れ出た冷や汗を、薄汚れた手甲でぐいと拭った。

「大黒屋はどっちみち潰して口を塞がにゃなるめぇが、銚子屋も放っとけねぇな」

「大黒屋ではない。布袋屋だ」

「どっちでもいいやな」

冷静に誤りを正した自然を、銀三はじろりと睨んだ。

「大事なのは俺とお前さんが三十年がとこ前に騙しにかけて、町役人に訴え出ることができねぇようにしてやった鰻屋だってこったろ」

「屋号を間違えてはなるまいぞ。あるじはもとより奉公人まで一人残らず、おぬしは口を塞がねばならぬのだからな」

自然はあくまで冷静だった。

「分かってらぁな。万が一にもしくじりゃしねぇ」

銀三も平静を取り戻したらしい。

埃だらけの床に胡坐《あぐら》を掻き、首から下げていた頭陀袋を取る。

中から取り出したのは托鉢《たくはつ》で得た米や銭ではなく、異国渡りのガラスの瓶。

「こいつぁお前さんに渡したやつより効き目の強え《つえ》、速水家謹製《きんせい》の眠り薬だ」

「おぬし、拙僧に安物を摑ませたのか？」

「十分に効いたんだから文句を言うない。俺はあの家の金主《きんしゅ》様だぜ」

目を吊り上げたのを意に介さず、銀三はガラスの瓶を灯火に翳す。

傍目には、ありふれた粉薬にしか見えはしない。

「話に出た故、念を押すぞ」

「何だい自然」

「おぬしから金主の役目を引き継がば、速水の屋敷を好きにしても構わぬと申す言葉に偽りはあるまいな?」

「もちろんさね」

「あらかじめ断っておくが、拙僧はあの屋敷を盗みの根城《ねじろ》にする所存なのだぞ」

「そんなこたぁ、速水の殿様にわざわざ明かすにゃ及ばねぇよ。知らぬが仏だ」

銀三は屈託なく笑って見せた。

「あの一家は薬を拵えるのにかかりきりになるための元手さえ渡しときゃ、他のことはどうでもいいんだよ。最初は乏しい禄を補うための手内職だったのが、今じゃ学者みてぇになっちまってるからな」

「まるで平賀源内だの」

「へへっ、言い得て妙だぜ」

納得した面持ちで言葉を交わす二人は、在りし日の源内を知っている。面識までは無いものの、不世出《ふせいしゅつ》の才人にして稀代の変人だったことも承知していた。

「おかげでこっちは安心して稼げるし、あちらさんも満足してなさるんだから、いいことずくめさね」

「そういうことだな。されば向後もおぬしに代わり、分け前を弾むといたそう」

六

翌日も十蔵と壮平は奔走した。

午前は常の御用である、定廻及び臨時廻の指導と監督。

午後一番で愛宕下の遠山家に赴《おもむ》き、景晋に謝罪をした上で改めて協力を要請。

快諾を得た二人は北町奉行所に飛んで帰り、昼八つを過ぎて下城した正道に吉報をもたらすと、休む間もなく麴町《こうじまち》へ出向いた。

訪ねた先は御様御用首斬り役、山田家の屋敷。

紋二に死罪の裁きが下り、亡骸が運ばれてきたのを受けてのことだ。

死んだ者を罪に問うのは、この時代には珍しい話ではない。

新武蔵屋で住み込みの下足番をしていた紋二には、死罪に処されるのもやむなき罪を犯していたのだ。

「十両盗めば首が飛ぶのが御定法って知らねぇはずがあるめぇに、枕探しで三十両がとこも貯め込むたぁ呆れたもんだな」

「飯盛のおなごたちから裏が取れたそうだ。あるじ夫婦も承知の上で見て見ぬ振りをしていたらしい」

「そのおたからを取りに戻って逃げ遅れるたぁ間抜けなこったが、当人にしてみりゃ大往生だったのかもしれねぇなぁ」

十蔵と壮平が小声で語り合う中、紋二の亡骸は寸断された。

試し斬りを装った解剖によって判明した結果は、壮平が予測したとおりであった。


呉服橋御門を潜って奉行所に戻ると、六尺豊かな大男が使者の間で待っていた。

「どうしなすったんです、譲之助さん?」

「我が殿が急ぎ連れ参れとの仰せなのだ。戻りしばかりのところを相すまぬが、同道してもらおうか」

「それは構い申さぬが、何とされたのか」

「悪しき者どもがまた視えた、二度まで繰り返させてはならぬとのことぞ」

「……急き《せ》前で参りやしょう」

十蔵が先に立って廊下に出た。

すかさず壮平も後に続く。

譲之助がもたらした鎮衛の言葉は、心眼が『耳嚢』の紙背に見出したこと。

かつて深川で店を開いていた大黒屋に対して二人が仕掛けた騙りの件は、新武蔵屋を相手取った自然が三十両を騙し取った『品川にてかたり致せし出家の事』に類する話として、すぐ後の頁に記録されていたからだ。

自然と銀三が大黒屋改め布袋屋を放っておき、すぐに銚子屋を狙っていれば悪事を予見されることもなかっただろう。

しかし、悪しき老賊《ろうぞく》は旧悪の隠蔽《いんぺい》にこだわり過ぎた。

改めて『耳嚢』に心眼を通した鎮衛によって、これから起こすに相違ない行動を予見されたのは、まさに天網恢恢疎《てんもうかいかいそ》にして漏らさずの譬えに違わぬことであった。

七

本所割下水の速水家に御目付の一隊が突入したのは、釣瓶落としの秋の日が沈むと同時のことだった。

「よ、夜討ちかっ!?」

「まだ宵の口ぞ。慌てず騒がず、神妙にいたせ」

訳が分からぬ当主の速水甚五郎《じんごろう》に告げたのは、自ら召し捕りに出向いた景晋。改心したと認めた北町奉行に成り代わってのことだった。


御徒町の往来では、若い御家人たちが今宵も気焔《きえん》を上げていた。

「根岸肥前守を許すな！」

「数寄屋橋へ押しかけようぞ！」

界隈の町人も巻き込んでのことである。

今や離れた町々からも彫物の禁止に怒りを募らせた強面《こわもて》のお兄《あにい》さんたちがこぞって集まり、共に声を張り上げていた。

「やかましいぜお前たち、ちったぁ近所迷惑ってもんを考えな」

騒ぎを断ち切ったのは、老いても変わらぬ鶴の一声。

「お、大田先生……」

愕然とする御家人たちの中に、石田和真と青山真吾の姿は見出せない。

「おぬしたち、御直参にあるまじき軽挙《けいきょ》もこれまでぞ」

「速やかに退散せい！」

先夜の御目付屋敷で直次郎の説諭により反省した二人は、恩師の警固役として同行していた。

度肝《どぎも》を抜かれたのは、かつて直次郎の教え子だった面々だけではない。

「おい、あれは南畝じゃやねぇのかい」

「ばかやろ、いまは蜀山人っていうんだよ」

寒空の下で諸肌《もろはだ》を脱ぎ、自慢の彫物を剝き出しにしていた町火消に飛脚、駕籠かきたちが啞然とつぶやく。

大田南畝改め蜀山人こと直次郎の名前と顔は、もとより彼らも承知の上だ。

かつて天明の世を風靡《ふうび》し、勘定方の役人として精勤しながらも天才狂歌師として筆を執り続けている直次郎は、江戸っ子にとっては英雄だ。

その英雄に降臨《こうりん》されて、とても粋がってはいられない。

もはや南町奉行の許に押しかけ、やり込めるどころではなかった。

八

浜町河岸の布袋屋では、あるじ以下の一同が思わぬ馳走を堪能していた。

「どうですかい、煮え加減は？」

「はい、結構でございますとも」

松に問われて答えるあるじは、眠り薬が仕込まれているとは思ってもいない様子。

「さぁさぁ、どんどんお代わりなすってくだせぇやし」

愛想よく給仕を務める八の向こうでは、健が追加の肉を黙々と捌いている。

去る三日に燃やした新武蔵屋と同様に全員が眠りこけるのを待ち、火を放つ手筈《てはず》となっていた。


何も気付かぬ一同の酒が進み、宴もたけなわとなった頃――。

「おう、ちょいと邪魔するぜ」

伝法な声と同時に、表の通りに面した腰高障子が開いた。

「すみません、今日はもう看板で」

十蔵に向かって告げようとしたあるじの体が、ぐらりと揺れる。

他の面々も突如として襲い来た睡魔に耐えきれず、その場で意識を手放した。

「ふむ、これほど効いては火の手が上がっても気付かぬはずだ」

続いて姿を見せた壮平が、呆れ交じりにつぶやいた。

もとより隙を見せることなく、身構えた三人の賊を牽制している。

十蔵と壮平の装いは同心用の捕物装束。

手にした打物は長十手。

白髪頭に締めた鉢巻の下から、親子ほど年の離れた盗人どもを鋭く見やる。

「野郎っ」

真っ先に打ちかかったのは八だった。

若い二人に先んじて振るった得物は、戸脇に置かれていた心張《しんば》り棒。

十蔵はものともせずに打ち払い、返す十手で一撃した。

壮平は逃げ腰となった松を追い、びしりと背中を撃ち据える。

健は機敏に身を翻し、隠し置いた気砲の包みを解いた。

筒先を向けた先には十蔵。

鉛玉を撃ち放たんとした刹那《せつな》、鋭い鏃《やじり》がその手を貫く。

「ぐっ……」

無口な健も堪らず呻く。

「観念せい」

静かに告げる壮平の左手には袖箭《ちゅうせん》。

「助かったぜ、壮さん」

相棒に謝意を告げつつ、十蔵は残る二人に縄を打った。

九

子分どもが一網打尽《いちもうだじん》にされる様を、自然は開け放たれた腰高障子の向こうから目の当たりにしていた。

「おい、ずらかるぜ！」

共に高みの見物を決め込むはずだった銀三が、慌てて告げる。

落ち延びんとする先は速水家だ。朝一番で品川から出てきた自然は昼間のうちに速水の屋敷を訪れ、気前よく前払いをしながら金主として恩を着せ、旗本とは名ばかりの一家に逆らう余地を無くしておいたのだ。

機を逸さずに手を打った己の周到さを、自然は褒めてやりたかった。

何であれ、使い時というものがある。

金と力も、またしかりだ。

速水家は引き続き、根城として活用できることだろう。

品川の荒れ寺に身を潜め、騙りの手口を考えていたのも今は昔。

昨日捨ててきた場所が、早くも懐かしいと思えていた。

自然と銀三は浜町河岸に降り立った。

用意の猪牙は未だ押収されることなく、あるじが乗り込むのを待っている。

「待っておったぞ、悪僧め」

茂みの中から呼びかける声が聞こえてきた。

耳にした覚えがある声だ。

しかし、記憶していた声より太い。

体つきも同様だった。

痩せこけていたのが別人の如く肥え太り、陣笠《じんがさ》の下から覗かせた頬も分厚い。

それでいて、無様には見えなかった。

かつては能吏《のうり》と評判を取りながらも風采が上がらず、目ばかりぎらぎらさせていたとは思えない。

以前は欠けていた貫禄が、しかと備わっている。

されど、眼光の鋭さだけは変わっていない。

微禄ながらも御家人として禄を食《は》み、袴を穿いて大小の二刀を帯びた武士らしい形《なり》をしていた頃の自然が重ねた悪事を見逃さず、執拗なまでに追い続けた当時のままの眼光は、不覚にも背筋を震わせるほどだった。

「うぬ、評定所留役の永田だな」

「覚えておったか」

「その節は俺を裁きにかけようと、よくもしつこく追い回しおったな。あの時ばかりは肝を冷やしたわ」

「故に一度は俗世を捨てて、仏門に逃げ込んだのか」

「逃げたのではない。捲《けん》土重来《どちょうらい》を期したのだ」

「厳しき修行を耐え抜いて重来したのが食売旅籠とは、片腹痛いぞ」

「それがどうした、俗物め」

　自然は負けじと言い放った。

「うぬが守銭奴ぶりは品川にまで聞こえておったぞ。能あれど金を積まねば御用の手を抜かれてしまう故、上役どもはしわ寄せが来るのを避けようと、袖の下を取るのを見て見ぬ振りだったそうだな」

「それが何としたと申すのだ。悪し様に言いたくば存分に申すがよい」

　何を言われても動じることなく、正道は毅然としたままだ。

「うぬっ……」

焦りを帯び始めた自然をよそに、銀三は猪牙に飛び乗った。

その背に向かって駆け寄りざま、正道は刀を抜き打つ。

「ひ！」

一刀を浴びて倒れ込む背中に傷はない。

「刃引《はび》きか」

「おぬしらは斬らずに連れ参る。されど逆らわば容赦はせぬぞ」

「ほざくでないわ」

自然は歯を剝くなり、手にした金剛杖《こんごうづえ》の鯉口《こいぐち》を切る。

荒れ寺を出る時に持ってきた杖は、刀身を仕込んだ隠し武器。

もとより剣術の腕には覚えある身の自然だ。

対する正道の腕前は十人並みのはず。

斬り合いとなれば、まず勝ち目はあるまい。

「往生せい」

僧侶らしからぬ形相《ぎょうそう》で言い渡しざま、自然は斬りかかる。

しかし正道は動じない。

正面から迎え撃ち、仕込み刃を叩き折る。

「男子三日会わざれば刮目《かつもく》して見よと申すであろう。おぬしと最後に会うたのは三十余年も前のことぞ」

返す刀で一撃されて崩れ落ちた外道に、正道は説き聞かせるように告げていた。

十

北町奉行が自ら捕物を敢行した一件は、たちまち江戸中の評判となった。

守銭奴の誹りを受けて憚らずにいた、悪名高き永田備後守正道はもう居ない。

評定所で留役として精勤した若き日の気概を取り戻し、その名に違わぬ正しい道を再び歩まんと御縄にしてのけた咎人が三十年来の因縁の相手とあれば尚のこと、誰もが注目せずにはいられない。

歌舞伎芝居の作者として江戸っ子の人気を集める勝俵蔵《かつひようぞう》も、こたびの事件の動向に注目して止まずにいる一人であった。

「俺は人を笑わせて怖がらせんのが本懐だけどよ、人を騙すのが生き甲斐たぁ、つくづく呆れ返った野郎じゃねぇか。薄汚え坊主頭を引き据えて、思いっきりぶん殴ってやりてぇよ」

「あのなぁ俵蔵さん、あっしがお前さんに訊きてぇのは、その話じゃねぇんだが」

興奮しきりの俵蔵を前にして困惑を隠せずにいる、白髪頭のがっちりした男の芸名は烏亭焉馬《うていえんば》。町大工の棟梁として一家を構える傍ら高座に昇り、江戸落語の中興の祖となった噺家《はなしか》だ。

歌舞伎と浄瑠璃にも造詣が深い焉馬は、今年に入って刊行した『花江都歌舞伎年代記《はなえどかぶきねんだいき》』では親交の深い五代目市川團十郎《いちかわだんじゅうろう》の一門を中心に、江戸歌舞伎の歴史を執筆する多才ぶりを発揮している。

焉馬は芝居の作者としても自ら筆を執っており、来る霜月の顔見世興行で四世鶴屋《つるや》南北《なんぼく》を襲名する運びとなった俵蔵の動向にもかねてより関心を寄せていた。

ところが俵蔵が専属の作者となって六年目の市村座《いちむらざ》の楽屋へ取材に訪れるや、鼻息も荒く披露されたのは襲名披露への意気込みではなく、北町奉行に御縄にされた破戒僧の話ばかり。芝居の悪役も顔負けの所業の数々が明らかにされていくのには焉馬も注目していたが、俵蔵ほどに入れ込んではいなかった。

今日のところは取材を諦め、話に付き合うより他になさそうだ。

「なぁ烏亭、裁きはどうなると思うね？」

「そいつぁ評定所で一座を成していなさる三奉行と御目付にお尋ねしなきゃ、はきと分からねぇこったがな……還俗させた上で切腹ってのが妥当じゃねぇかい」

「たしかにそうだが、腹ぁ切って自裁するほど殊勝な奴じゃあるめぇ」

「だったらどうするってんだい」

「手前の腹ぁ掻っ切るために渡された短刀を振り回し、北のお奉行を地獄の道連れにすることになるだろうぜ」

「まさか、お前さんが得意の怪談話じゃあるめぇに」

「俺が自然って糞坊主だったら、って考えてのことさね」

やぶにらみの強面で焉馬を見返し、俵蔵は淡々とつぶやいた。

「そんな真似をしやがったら介錯役は言うに及ばず総出で抜刀されて、たちまち膾にされちまうのがオチに決まってるがな、騙り屋ってのは手前が正しいと信じて止まずに悪事を働く連中だ。まして自然と北のお奉行にゃ三十年越しの因縁があるって言うじゃねぇかい。どうあっても、独りで冥途にゃ渡るめぇよ……」

俵蔵の読みは的中していた。

「今に見ておれ永田備後め、必ずや道連れにしてくれるわ」

恨みを込めて自然がつぶやく場所は、小伝馬町牢屋敷の揚《あが》り屋。士分の者に加えて僧侶も収監される独房である。

似非坊主と分かった銀三は松と八、健と共に雑居坊の大牢《たいろう》入りとなった後、ただの盗人ではなく騙りも働いていたと知るに及んだ牢名主の怒りを買い、手酷く痛めつけられているらしい。

無宿人用の二間牢と違って堅気の咎人も収監される大牢とはいえ、御牢内を仕切る顔役たちが悪党ながら男気を重んじるのは同じこと。卑劣な犯罪に手を染めた連中は役人の痛め吟味に劣らず苛酷な私刑に処されるのが常であった。

今宵も聞き覚えのある声で上げる悲鳴が牢格子の向こうから聞こえてきたが、自然は一顧だにせずにいる。

伸びて久しい坊主頭の中に在るのは、憎き正道を刺し殺すことのみ。

そのために得意の騙りの技量を余さず発揮し、何としてでも切腹の場に臨席させる所存であった。

奉行が単独で黒白を付け難い事件は、千代田の御城の辰《たつ》ノ《の》口《くち》に設けられた評定所においての裁きが下される。

その場に臨むのは町奉行と勘定奉行、寺社奉行に御目付を加えた評定所一座。

自然の裁きに加わった御目付は、遠山左衛門尉景晋。

場を仕切ったのは景晋と共に朝鮮通信使の副使を全うし、対馬から江戸に戻った寺社奉行の脇坂《わきさか》中務《なかつかさの》大輔《たいふ》安董《やすただ》だ。

当年取って四十四の安董は寺社方切っての名奉行にして、美男と評判が高い。

その端整な顔を御白洲に引き据えさせた自然に向け、粛々と言い渡したのは思わぬ裁きであった。

「遠島、だと……?」

「左様。おぬしが行先は鳥も通わぬ八丈の、更に先の離れ小島ぞ」

「どういうことだっ」

「表向きは船中にて病に果てたということにいたす故、大事ない」

「大事があるのはこちらのほうだっ。何故に、天下の御法に従わぬ!?」

「ご老中のご裁許ならば内々に頂戴しておる。おぬしに限らず、改悛の見込みなき輩はその島に身柄を送りて朽ち果てるに任せるのが、秘めたる習いでの」

絶句した自然に対し、安董は静かに告げる。

「御上の御慈悲により種芋を遣わす故、生き延びたくば畑を作るがよい。実るまでの凌ぎには魚を獲り、獣を狩るがよかろうぞ」

「そ、僧たる身に何を勧めおるのだ」

「女を買い、酒を喰らうを常としていた口で何を申すか」

「……二刀を帯びておった頃、亡骸相手の試し斬りをして以来のことだ。生臭はもとより魚も受け付けぬ」

「情けなき哉。それでよく、後生を恐れず悪事を重ねて参ったものだの」

「だ、黙れっ」

自然は悔しげに吠え猛った。

されど、持ち前の勢いはすでにない。

島送りの前の夜、揚り屋で首を吊って果てるのに用いたのは己が下帯であった。

肥前守《ひぜんのかみ》の決断

一

神無月《かんなづき》も半ばを過ぎた、晴天の八つ下がり。

千代田の御城中での中食《ちゅうじき》を軽めに済ませた南北の町奉行は、懇意の住職が預かる寺にお忍びで立ち寄り、仲良く膳を共にしていた。

「種を明かさば、海苔《のり》と山芋《やまいも》……？」

「ふふ、わしも初めはものの見事に引っかかったものじゃよ」

「ご冗談はお止めくだされ」

「左様に申さず、騙されたと思うて箸を進めよ」

「されば、いま少し……。うむ……うむ……まこと美味にござるな、肥前守殿」

「はははは、それでよいのじゃ。考えずに味おうてこそ醍醐味《だいごみ》ぞ」

鰻の蒲焼《かばやき》を模した焼物を堪能する正道に、鎮衛は微燻《びくん》を帯びて微笑み返した。

仏門では日々の炊事も修行の一環と定められ、若い僧たちは典座《てんぞ》と呼ばれる台所に交代で立つ。武家も町家も台所仕事は女人頼みの時代だけに、いちから見様見真似で覚える者がほとんどだったが、婆婆で包丁を握っていた修行僧も皆無ではない。

この寺の住職は三十年前、天明の世に人気だった料理茶屋で腕を振るった身。

魚はもとより香気の強い葉物も御法度の典座に立つや、豆と芋を素材とした料理に開眼。名のある寺を預けられて久しい身ながら気が向けば典座に立ち、参詣の客の舌を楽しませる。神道を尊ぶ鎮衛は『耳嚢』でも寺僧たちを余り好意的に取り上げてはいなかったが、この寺の板前あがりの住職とは気が合うらしい。

御用繁多な二人の町奉行を堪能させた膳は変わり種の品々だけではなく、精進懐石《かいせき》ならでは胡麻豆腐《ごまどうふ》も絶品の美味さであった。

「備後守、食うてばかりおらんと般若湯で口を湿せ」

「恐れ入り申す。されば、ご返杯を」

「かたじけない」

惜しみなく注がれた杯を一息に乾し、鎮衛はまた微笑む。

「五臓六腑に染み渡るのう。まさに憂いの玉箒《たまぼうき》じゃ」

「それを申されては身も蓋もござるまい……」

「ははは、左様であったな」

くつろぐ二人の装いは、膳が運ばれてくる前に着替えた羽織と袴。登城の供の中間が担いで歩く挟み箱の底に、いつも忍ばせているものだ。

すでに袷の時期は過ぎ、熨斗目の裏地には保温用の綿が詰めてある。足袋も重陽の節句に解禁となって久しく、千代田の御城中はもとより平素の暮らしでも裸足のまま過ごすことはなかった。

文化八年の神無月は、西洋の暦では十一月の十六日から十二月の十五日。

月半ばを過ぎれば陽暦の十二月に入り、朝夕に留まらず日中も冷え込む頃だが続く霜月の寒さは更に厳しい。江戸を含めた東国は、いよいよ冬将軍が本格的に到来する時期を迎えようとしていた。

二

二人はさらに微醺を帯びていた。

膳に用意された般若湯は、一合徳利が二本ずつ。

季節を問わず癇を付けるのは、齢を重ねた身に優しい呑み方だ。

「よろしゅうござるか、肥前守殿」

正道が神妙な面持ちで鎮衛に問いかけた。

「この寺の般若湯は二合までじゃ。欲しくば今度こそ白湯にせい」

「いや、もう十分にござる」

空にしていた杯を膳に伏せ、居住まいを正した正道は改めて鎮衛に問いかけた。

「それがしが北町の奉行に任ぜられし日に、このまま行かば残り少なき加護が尽きると仰せになられしこと、覚えておられるか」

「ああ、たしかに申したの」

「卒爾ながらお尋ね申すが、今は如何でござろうか」

「気になるのならば教えてつかわすが、まことのことを言うても構わぬのか」

「有り体にお教えくだされ」

視線を合わせて念を押す鎮衛に、正道は臆さず答えた。

「ふっ、変われば変わるものだのう」

「と、申されますと？」

破顔一笑した鎮衛に、正道は戸惑いながらも問いかける。

「安堵いたせ。永田殿のみならず、久しゅう失せておられた菊沢《きくざわ》殿もお戻りじゃ」

「実家《さと》の亡き父も、でござるか」

「おぬしはまこと父親似だの。恰幅《かっぷく》のよきところも兄弟の如しぞ」

「左様にござる。若かりし頃は贅肉《ぜいにく》と無縁の見目良き男ぶりだったと、母がのろけ交じりに申しておりましたが……」

「それはおぬしも同じであろう」

「お世辞は無用に願いまする。評定所に詰めておりし頃は、ただの痩せぎすにござり申した」

「血を吐くほど根《こん》を詰めておったとあらば、さもあろう」

「我ながら無理が過ぎたと思うており申す」

「したが、その後は目に見えて肥えたのう」

「御役目替えで清水《しみず》様の御屋敷詰めとなり、茶屋酒の味を覚えたが故でござる」

「おぬしは呑みかつ喰らう質だからの。されば自ずと肥え太ろうが、体にはそのほうが良いそうじゃ」

「たしかに贅は大いに付き申したが、病とは無縁にござった」

「されど油断は禁物ぞ。おぬしも還暦だからのう」

「前の一件でご助勢つかまつりし左衛門尉殿も、それがしと同い年でござるな」

「げに頼もしき助っ人ぶりであったそうだの」

「おかげで禍根《かこん》を断つに至り申した。改めて御礼申しますぞ」

「わしに謝するには及ぶまいぞ。こちらこそ、葉月の町触に息巻いておった者どもがおぬしの働きにより大人しゅうなった故、御用に障りが無うなったからの」

「全ては八森の働きにござる。まさか司馬江漢ばかりか大田直次郎とまで昵懇《じっこん》の間柄とは思いもよらず、和田から子細を聞いて驚き申した」

「それも人徳あってのことぞ。恩師の源内をじじい呼ばわりして憚らずにおることに眉を顰《ひそ》める同門の者も多いらしい。おのれらこそ見限られておるとも気付かず、山猿は礼儀を知らぬと笑うておるそうじゃ」

「笑止千万《しょうしせんばん》にござるな」

「人は己のことほど、よう見えぬものぞ。真面目くさった顔をして、のろま人形が如く踊らされておるとは気付かずに、のう」

「その人形遣いに対しては抜かりのう、護りを固めねばなりますまい」

「まことだの。時におぬし、護りの手に不足はないか」

「ご心配には及び申さぬ。肥前守殿こそ、番外の衆が未だ江戸表に戻っておらぬのでござろう？」

「何処にて羽を伸ばしておるのやら、困ったことじゃ」

「文の一つも寄越さぬのでござるか？」

「そのとおりじゃ、路銀《ろぎん》の不足を泣きついても参らぬのう」

鎮衛は苦笑交じりにつぶやいた。

「まぁ、あの島に渡ったのならば懐具合の心配は要るまいよ」

「……肥前守殿が彫物を刻まれたと申される、離れ島にござるか」

「左様。銭は一文も要らぬが、世話にならば働いて返さねばならぬが掟《おきて》での」

「されば、貴公の彫物も？」

「流れ着いたのを救うてもろうた恩は返した。彫物《すみ》を入れられたのは、その後のことじゃよ」

「それは貴公の心眼が稀なる力と見込まれ、更なる高みに立たせんと望まれたのではござらぬか？」

「そこのところが今もって、しかと分からぬのだ。途方もなき話を語られし後に気を失うて、気付けば背負うておったのでな」

「その真意を突き止めんとせし一念で、番外の衆は草鞋を履いたのでござったな」

「何はともあれ、無事の戻りを祈るばかりぞ」

「まことにござるな。時に肥前守殿、我らも帰るによき頃合いにござるぞ」

「左様だの。酔いが程よう醒めて参った」

「されば住職に挨拶をする前に、厠《かわや》を借りて参り申そう」

「おや、おぬしもか？」

「お供つかまつり申す」

二人は頷き合って腰を上げる。

庫裏《くり》を出た先に思わぬ伏兵が待ち構えているとは、夢想だにしていなかった。

三

去る長月から神無月の江戸で、特に目立った事件は起きていない。

千代田の御城中では長月一日の御対面の儀に始まった勅使への対応が滞りなく完了したのに引き続き、朝鮮通信使を饗応する任を果たして江戸へ帰参した一行への褒賞が順次行われている。

その一方、神無月十四日には文昭院《ぶんしょういん》こと六代家宣《いえのぶ》の百回忌が催される。

正徳《しょうとく》二年（一七一二）の冬に猖獗《しょうけつ》を極めた風邪《ふうじゃ》――流行性感冒の悪化で肺炎を引き起こし、意識不明となって没した家宣の行年《ぎょうねん》は五十一。

生まれは甲府《こうふ》徳川家で、叔父の五代綱吉《つなよし》が男子に恵まれなかったため養嗣子に迎えられた。徳川連枝《れんし》の藩から養子に入って将軍職に就いたのは生家が舘林《たてばやし》徳川家の綱吉も同様で、国許から伴った藩士を旗本に取り立てたのも同じであった。

この二人の将軍に、鎮衛は格別の恩顧《おんこ》があった。

実家の安生家は舘林藩から、養子に入った根岸家は甲府藩からそれぞれ幕臣として登用され、将軍家御直参の旗本となった身の上だからだ。

いずれも八代吉宗が紀州藩士を大々的に登用し、増えすぎた旗本と御家人の扱いが問題となるほどだったのに比べれば、数は少ない。

吉宗が新設した御側御用取次と御庭番を子飼いの紀州藩士で固める一方、国許で奥小姓を務めた田沼意行《おきゆき》を御側仕えの小姓に取り立てたことにより、嫡男の意次が老中にまで出世を遂げるきっかけを作ったことを思えば、幕府の体制に与えた影響は深刻なものではなかった。

ともあれ、安生と根岸の両家と繋がる鎮衛にとって、綱吉と家宣から受けた恩顧は軽いものではない。文昭院こと家宣の百回忌に臨んでは他の幕臣たちにも増して身を慎み、生臭はもとより一滴の酒も口にすまいと決めていた。

見上げた心がけである。

しかし身を慎む前の一献《いっこん》に正道のみを伴い、供の者を門前に残して二人きりの小宴と洒落込んだのは、迂闊と言わざるを得ない失態であった。


最初に異変を察知したのは正道だった。

用を足す順番を鎮衛に譲り、濡れ縁から視線を巡らせてのことだった。

「お気をつけ召され、肥前守殿っ」

扉越しに告げるなり、帯前の脇差に手を掛ける。

鯉口を切るより早く、襲いかかったのは大きな手のひら。

正道の指ごと脇差の柄を押さえ込み、捻りを加えて奪い取る。

踏みとどまるのを許すことなく、重心を崩す。

一回転した正道は背中から濡れ縁に叩き付けられ、勢い余って庭に転がり落ちる。

「曲者《くせもの》っ」

鋭い声と同時に、厠の扉が蹴り開かれた。

一歩踏み出すなり爪先の向きを変え、縁側を蹴って跳ぶ。

相手と渡り合う前に、正道を守ろうとしてのことだった。

年を思えば機敏極まる動きだったが、敵から見れば甘い限り。

気を失った正道を起こす間もなく、首筋に重たい手刀が打ち込まれた。

「礼を言うぜ、根岸肥前守さんよ」

意識が薄れゆく中で、鎮衛はざらつきを帯びた声を耳にした。

「御番所内まで乗り込むのは難儀なこったと手をこまねいていたんだがな、そちらから手間を省いてくれるたぁ殊勝の至り。ゆるりと籠城《ろうじょう》させてもらうとするぜ」

「……………」

意識が絶えた鎮衛は、軽々と担ぎ上げられた。

運ばれた先は、古びた楼閣《ろうかく》の前。

死角になっているために、門前で主君たちの戻りを待つ下城の供の面々からは見て取れない。

肥満体の正道も難なく担がれ、意識を失ったまま鎮衛と同様に運ばれていく。

境内に差す日はまだ明るい。

釣瓶落としの日暮れまで、残り一刻（二時間）を切っていた。

四

供の者たちが動いたのは、思わぬ迎えが駆け付けたが故だった。

「おぬしたち、何としたのだ？」

南町の一行に、駆け付けるなり告げたのは譲之助。

「斯様なところで油を売るとは何事ぞ。お奉行は何処へ参られたのだ」

北町の一行に向かって、静かに問うたのは壮平だ。

黄八丈に黒紋付を重ね、深編笠で面を隠した、常の装いである。

用向きは異なれど、時を同じくして来合わせたのはたまたまのこと。

奇遇《きぐう》と言うべきであろう。

「おや、譲之助殿」

「おぬしか、和田」

勝手知ったる相手を前にして、滲ませていた苛立ちも失せる。

されど、今は当初の目的が優先だ。

「我が殿におかれては寄り道なされたご様子であった故、こちらに相違ないと判じて

のでな」

「ご無礼ながら南のお奉行のお立ち寄り先は調べさせていただき、逐一《ちくいち》把握しておる

参った」

言葉を交わすや、それぞれ挟み箱持ちの中間に歩み寄る。

「お召し替えをなされたのは」

「どれほど前であった？」

「ほ、ほんの小半刻で」

二人の挟み箱持ちは声を揃え、奇《く》しくも同じ答えを言った。

小半刻とは、おおよそ半刻という意味合い。

一時間経ったか経たないか、といったところだ。

「されば和尚の膳を召し上がられている最中だな」

「分かるのか、おぬし」

「こちらのご住職は板前あがりで、典座を能くなさるのだ。その膳を殿はいたくお気に召され、折に触れてお忍びでお越しになられる」

「そのお供を、貴公が務めておったのか」

譲之助の話を聞いた壮平は納得した面持ち。

「したが譲之助殿、ご無礼ながら悠長にお待ち申し上ぐるわけには参らぬぞ」

「それはこちらも同じことぞ。急ぎお戻り願わねばならぬ」

「されば、思うところも同じだな」

「そのようだな」

壮平の言葉に譲之助は頷いた。

整然と並んで待機している、南町の供揃えに向き直った。

「おぬしたちはいま少し待て。もう小半刻はかかるまいぞ」

「右に同じにござれば、左様になされよ」

壮平も深編笠越しに、北町の面々に向かって告げた。

二人の町奉行が囚われの身にされたとは、未だ気付いていなかった。

五

男は鎮衛と正道を順番に、楼閣の階上へと運び込んだ。

気を失ったままの二人を横たえて、用済みになった梯子段《はしごだん》を軽々と引き上げる。

足腰のみならず、指の力も異様に強い。

これでは正道が脇差を抜くのもままならなかったわけである。

「細工は流々ってとこだが、邪魔が入る前にずらかっちまうに越したこたぁねぇよな……さてさて、とっとと済ませるとしようかい」

ひとりつぶやく男の年は、三十の手前といったところ。

もはや若いとは言えまいが、老け込むには早い。

何か事をなさんと欲するのなら、勝負に出るべき年であった。

譲之助には及ばぬまでも、背が高い。

面長で顎も長かった。

鼻梁《びりよう》は低いがやはり長く、それでいて黒目勝ちの眼は小さい。

唇は薄く、酷薄《こくはく》な印象を与えられる。

体つきは細身のようでいて引き締まっているのが、藍染《あいぞ》めの半纏と股引《ももひき》を纏った上から見て取れる。

腹掛けはしておらず、はだけた胸元から張りのある胸板が覗いていた。下に連なる腹は筋《すじ》が割れており、鍛え込まれた体と分かる。

職人風のようでいて、体つきは細身で頑健。

そして足腰も膂力《りよりよく》も、異様に強い。

素性を特徴づける点は、いま一つ見出された。

「南のお奉行さん、いいもん拝ませてくれよなぁ」

口許に酷薄な笑みを浮かべてつぶやく男の襟元から、彫物が覗いている。

絵柄は竜《りゅう》。

水にちなんだ神獣《しんじゅう》であることから、火消が好んで彫る柄であった。


譲之助と壮平は前後になって境内を抜けていく。

「構えは小体《こてい》なれど、心地よき気が漂うておるな」

「さもあろう。坊主嫌いの殿がお気に召されるほどである故な」

「それはご住職の料理がお好みなのではござらぬか？」

「それもあろうが、人のあるじを食い意地が張っておるように申すでない」

譲之助は顔を顰《しか》めながらも足を止めず、本堂の脇の庫裏へ向かっていく。

「あちらの部屋にて、いつもお召し上がりになられるのだ」

「貴公も相伴《しょうばん》しておるのか」

「左様。このところ御用繁多で折も無かったがな」

「食い意地が張っておるのは貴公であったか」

「無駄口をたたくでない」

言い合いながらも立ち止まることなく、二人は濡れ縁に手を掛けた。

「ご免、ご免」

繰り返し呼びかけても返事がない。

「納所《なっしょ》に廻ったほうがよいのではないか」

「……左様だな」

二人は頷き合うと踵を返し、寺僧の詰所に足を向けた。

六

先に目を覚ましたのは正道だった。

意識を取り戻させてくれたのは、楼閣の窓枠の隙間から差す西日。

すでに日は傾きつつある。

「おっ、気が付いたのかい」

男は慌てることなく正道に告げた。

「すまねぇが縛らせてもらったぜ。悪く思いなさんなよ、北のお奉行さん」

「うぬっ、永田備後守と知ってのことかっ」

「何も凄むにゃ及ばねぇだろ。そんなこたぁ乗物の紋所を見りゃ分かるよ」

「……おぬし、刺客ではないのか」

「何だ、そりゃ」

「さもなくば町奉行を相手取り、昼日中から狼藉《ろうぜき》になど及ぶまい」

「狼藉って大袈裟《おおげさ》だな。俺ぁ命まで頂戴するつもりはねぇよ」

「されば、何が望みだ」

「有り体に言や、お前さんには用はねぇんだ」

「何っ……」

「下手に騒がれちゃ困るんで、南のお奉行と一緒に連れてきただけさね。ああ、住職と小坊主は寺男とまとめて縛って納所に閉じ込めといたから、後で出してやってくれねえかい」

「狼藉に及んでおきながら、殊勝なことを申すものだの」

「だから狼藉じゃねぇって。俺ぁ南のお奉行の彫物を、一目拝ませてもらいてぇだけなんだよ」

「肥前守殿の、彫物を……だと」

「そうだよ」

「そのために、斯様な狼藉を」

「しつこいなぁ。もう狼藉でいいや」

「うぬっ……」

男が溜め息を吐く様に、正道は戸惑いを隠せない。

それでも続けて問わずにはいられなかった。

「おぬし、命が惜しくはないのか？」

「惜しいに決まってんだろ。俺には大望があるんでね」

うそぶく顔は、酷薄な印象よりも稚気《ちき》が勝っていた。

この男、存外に純粋な質らしい。

「言っちゃ悪いが北のお奉行さん、火元はお前さんの名前で出た町触なんだぜ」

「彫物を禁じたことの何が火元になったと申すのだ？」

「火が付いちまったのはお江戸のみんなの心だよ。好き心《ごころ》ってやつだなぁ」

男はしみじみした面持ちになっていた。

「ああ、一応名乗っておくが、俺は安藤勝三《あんどうかつぞう》ってんだ」

「おぬし、士分であったか」

「違うよ。定火消《じょうびけし》の人足さね」

「臥煙か」

「そうだよ。火消しに出張った時だけもてはやされて、こよりを売りに出向けば嫌な顔をされちまうお兄さんだい」

「その安藤という名乗りは、何の謂《いわ》れがあってのものだ」

「俺の組の火消同心で、絵師を志してるお人だよ」

「もしや八重洲《やえす》河岸の定火消に属せし、安藤重右衛門《じゅうえもん》のことか」

「詳しいねぇ、お奉行さん」

「先代の源右衛門《げんえもん》とは、謡《うたい》の集まりで面識があったのだ。一昨年《おととし》に亡《の》うなったがの」

「そういや、隠居しなすってから始めたって話だったな」

勝三は興味なさげにつぶやいた。

「成仏しなすった爺様のことはどうでもいいやな。それより南のお奉行の彫物だ」

「おぬし、肥前守様を何とする気だっ」

「これだけ素性を明かせば察しは付くだろ？　描かせてもらうんだよ」

「何が狙いだ」

「描いて世に出して安藤の名前を売りてぇ。この際、お金《あし》は二の次だ」

「おのれ、肥前守様の大事を暴き立てる所存かっ」

「おお、怖い怖い」

声を荒らげたのをものともせず、勝三は薄く笑った。

動じた素振りも見せることなく、傍らに置いていた包みを広げる。

取り出したのは、絵筆に画仙紙《がせんし》。

もはや正道に構うことなく、気を失ったままの鎮衛に歩み寄った。

「ご免なさいよ、南のお奉行さん」

ぺこりと頭を下げた後、迷わず襟元に手を掛ける。

刹那、かたりと窓枠が音を立てて外れた。

「誰でぇ」

勝三が怒声を上げて向き直る。

その長い顔を目がけて、唸りを上げた足刀《そくとう》が飛ぶ。

「お、おぬしは」

「譲之助さんのお戻りが遅いので参りました。ご住職たちは、沢井さんと平田さんが介抱してくださっております」

昏倒させた勝三を傍らに、微笑んで見せたのは坊主頭の青年。

九州への旅から戻り来た、南町の番外同心であった。

七

日暮れた空の下、一同は南町奉行所の役宅の奥に集まっていた。

「そいつぁ災難でございやしたねぇ、お奉行……」

事の顚末を聞き終えた十蔵は、溜め息交じりにつぶやいた。

菜飯《なめし》の担ぎ売りの親爺《おやじ》を装っての市中探索から戻ったばかりで、尻をはしょって継ぎはぎだらけの股引を覗かせている。

「若様がとっ捕まえてくれた撥ねっ返りは左衛門尉様を通じて定火消屋敷へ送り返すとして、この先のことを思案しなくちゃなりやせんぜ」

「…………」

十蔵の苦言に耳を傾ける鎮衛の表情は暗い。

不覚を取ったことを恥じながらも、先程から何やら考え込んでいる。

「流石に一頃より落ち着いてきやしたが、お奉行の彫物のこたぁまだまだ噂になっておりやすぜ。今日もあっちこっちで耳にいたしやした」

「…………」

「俺が申し上げるのも口幅ったいこってすが、何らかの形で明かしなさる時が来たんじゃありやせんかね」

「……おぬしの申すとおりだの」

鎮衛は毅然と顔を上げていた。

「あの勝三なる者は、わしが八重洲河岸まで連れ参ろう」

「臥煙どもの根城へ乗り込みなさるってですかい⁉」

「無茶はお止めくだされ、お奉行っ」

慌てて口を挟んだのは、若様と共に江戸へ戻った沢井俊平と平田健作。

若様も咄嗟に腰を上げ、押しとどめんとする姿勢になっていた。

「大事ない。八重洲河岸の定火消屋敷は、わしの古巣ぞ」

「どういうことでござるか」

壮平が戸惑いながらも問いかける。

「言うてのとおりじゃ。素性を偽りて転がり込み、火事場に出張るを生業として起き伏しをしておった。若様らに辿ってもろうた、九州への旅路に就く前のことじゃ」

「お奉行……」

信じ難い面持ちでつぶやく譲之助をよそに、鎮衛は宣する。

「八森が申したとおり、時が参ったということぞ」

居並ぶ一同は黙り込む。

それは町奉行である前に、一人の男として鎮衛が下した決断であった。

時代小説

二見時代小説文庫

北町《きたまち》の爺様《じいさま》2　老同心《ろうどうしん》の熱血《ねっけつ》

二〇二二年十二月二十五日　初版発行

著者　牧《まき》　秀彦《ひでひこ》

発行所　株式会社　二見書房
〒一〇一-八四〇五
東京都千代田区神田三崎町二-一八-一一
電話　〇三-三五一五-二三一一［営業］
　　　〇三-三五一五-二三一三［編集］
振替　〇〇一七〇-四-二六三九

印刷　株式会社　堀内印刷所
製本　株式会社　村上製本所

落丁・乱丁本はお取り替えいたします。定価は、カバーに表示してあります。

ISBN978-4-576-22179-3
https://www.futami.co.jp/

瓜生颯太

罷免家老 世直し帖

シリーズ

以下続刊

① 罷免《ひめん》家老 世直し帖1 傘張り剣客
② 悪徳の栄華
③ 亡骸は語る
④ 山神討ち
⑤ 極悪の秘宝

出羽国鶴岡藩八万石の江戸家老・来栖《くるす》左膳《さぜん》は、戦国以来の忍び集団「羽黒組」を束ね、幕府老中となった先代藩主の名声を高めてきた。羽黒組の諜報活動活用と自身の剣の腕、また傘張りの下士への奨励により藩を支えてきた江戸家老だが、新任の若き藩主と対立、罷免され藩を去った。だが、新藩主への暗殺予告がなされるにおよび、来栖左膳の武士の矜持《きょうじ》に火がついて……。

二見時代小説文庫